Andrej Kurkow

Herbstfeuer

Erzählungen
Aus dem Russischen von
Angelika Schneider

Diogenes

Die deutsche Erstausgabe
erschien 2007 im Diogenes Verlag
Nachweis der Originaltitel
am Schluß des Bandes
Umschlagillustration:
Hans Potthof, ›Lilienfeld
an der Reuss‹, 1983

Veröffentlicht als Diogenes Taschenbuch, 2009

www.diogenes.ch
60/09/8/1
ISBN 978 3 257 23939 3

Inhalt

Herbstfeuer 7
Ein merkwürdiger Diebstahl 37
Weihnachtsüberraschung 69
Die letzte Landung 93
Bloß keine Höhenangst 115
Forelle à la tendresse 151
Eine goldene Schere und drei Handvoll Schnee 191
Die Denkmäler der russischen Kultur 219

Herbstfeuer

Das neue Jahrtausend rückte näher. Oma Olja saß auf einem Schemel unter dem Aprikosenbaum und hielt den laut tickenden Wecker in den Ärmel geschoben. Der Baumstamm war mit Männerkleidern umwickelt, um ihn vor dem Frost zu schützen. Als sie die langsamen Bewegungen der Zeiger eine Weile verfolgt hatte, drehte sie den Alarm des Weckers genau auf Mitternacht und stellte ihn auf die glatte, mit einer Eiskruste überzogene Schneefläche. Ein frostiger Wind kam auf, und man hörte das kartonartige Aneinanderscharren der Trockenfische, die dicht an dicht von den kahlen Zweigen des Aprikosenbaums herabhingen. ›Wer hat mir die bloß über den Zaun geworfen?‹ fragte sich Oma Olja, während sie ihren Neujahrsbaum betrachtete.

(Epigraph anstelle eines Epilogs)

Vom Standpunkt des Grases aus betrachtet, fängt alles Gute im Frühjahr an und endet im Herbst, kurz vor dem ersten Schneefall.

Über das Dorf Lipowka, nicht weit von Kiew entfernt, legte sich ein windiger Abend. Es wehte wirklich ein starker Wind an diesem Abend. Fast in jedem Hof brannte ein offenes Feuer, in das die Bauern wie in einen Ofen das schon trockene Laub und abgebrochene Zweige aus dem Garten warfen. Sie stopften jeglichen Abfall dort hinein, der die Fähigkeit hatte, sich in Rauch und ein bißchen Asche zu verwandeln. Der Wind vermischte den Rauch der verschiedenen Feuer zu einem einzigen dicken Qualm, der schließlich das immer noch zur Kolchose gehörende Feld erreichte, das genau hinter Oma Oljas Gemüsegarten anfing.

Der Rauch, der sich mit der Abendluft vermischte, roch stark nach Herbst. Der alte Nachbar, der die übliche Ladung Laub in sein Feuer warf, stieß die Heugabel in die Erde, atmete die kühle, rauchige Luft ein, und da sie ihn in der Kehle kratzte, hustete er.

Der Nachbar wälzte die Zunge im Mund herum und überlegte. Er versuchte den Geruch des Rauches näher zu bestimmen. Irgend etwas war an diesem Geruch, was ihm vertrauter war als der gewöhnliche Rauch des Herbstfeuers. Aber was war das? Er wiegte den Kopf hin und her, sah in die wiederauflodernden Flammen, nahm nochmals die Heugabel zur Hand und ging langsam auf einen bestimmten Blätterhaufen zu. Ein Drittel aller gefallenen Blätter mußte von dem Walnußbaum stammen, der hinter dem Haus wuchs. Er hatte sie noch nicht in Brand gesetzt, aber er roch schon im voraus, wie sich jetzt gleich das Parfum des Rauches verändern würde. Denn die Walnußblätter verbrannten mit dem leckersten Geruch.

Irgendwo brannten noch andere Feuer, und andere Bauern schnupperten den abendlichen Rauch. Irgend jemandem schien es, als rieche der Rauch nach Salz und Geräuchertem. Die Bauern verbrannten in Ruhe weiterhin ihren Abfall. Das ganze Dorf verbrannte Blätter – und Oma Olja verbrannte ihren Mann.

Diese Geschichte hatte, wie alles Gute, vom Standpunkt des Grases aus betrachtet, im Frühjahr angefangen. Allerdings war das schon dreißig Jahre her. Genau in dem Hof, wo jetzt ein Räucherfeuer brannte, hatte man drei Tage lang die Hochzeit von Olja und Fjodor gefeiert. Drei Tage lang hatte man gegessen und getrunken, man hatte zu Harmonikamusik getanzt und war hinter der Scheune zu einem kurzen Nickerchen umgefallen. Drei Tage lang ein wildes Fest, aber dann begann das eigentliche Leben. Das war nicht besser und nicht schlechter als bei anderen auch.

Fjodor war ein vitaler Mann. Obwohl er dünn

war, konnte er ohne zu ermüden stundenlang Holz hacken, damit sie es später im Winter warm hätten. Er konnte aus einer besoffenen Schlägerei mit den Zigeunern ohne jeden Kratzer hervorgehen. Die Zigeuner waren ins Dorf gekommen, um Sachen zu verkaufen – ganz offensichtlich Diebesgut. Als sie alles verkauft hatten, tranken sie Wodka und luden ihre Stammkunden, von denen Fjodor einer war, dazu ein. Und als alle sich einen angetrunken hatten, fingen sie an, sich über die Preise der gekauften-verkauften Dinge zu streiten. Das konnte natürlich nicht ohne Keilerei ausgehen, obwohl die Preise immer tief waren, so daß sie sich jeder leisten konnte. Und wenn man kein Geld hatte, konnte man bei den Zigeunern sogar Waren gegen selbstgebrannten Schnaps oder selbstgezogenen Tabak tauschen.

Fjodor kaufte gern billige Dinge, trank gern einen über den Durst und prügelte sich gern im angetrunken Zustand. Aber am allerliebsten ging er fischen. Wie gut, daß nicht weit weg ein Bach floß und noch näher am Haus zwei Teiche lagen, in denen die Kolchose damals versuchte Fische zu züchten. Man hatte schon länger damit begonnen, und es waren tatsächlich schon eine Menge Fische in den Teichen. Dank der Abwesenheit des erst kürzlich eingesparten Nachtwächters kamen nachts die hiesigen Bewohner mit Eimern und Angeln an die Teiche und fingen so viele Fische, wie sie in ihre Eimer packen konnten.

Olja mochte keinen Fisch. Und auch Fjodor mochte sie nur in Form von Trockenfisch. Er kam gegen Morgen heim, nahm mit dem Messer die Fische aus, legte sie in Salz und hängte sie in der Scheune auf eine Schnur. Dann ging er schlafen.

Die Scheune lag neben der Sommerküche, und wenn Olja kochte, runzelte sie jedesmal mißbilligend die Stirn, sowie ein Lüftchen ihr den schwach salzigen Geruch entgegentrug.

Fjodor wartete, bis der Trockenfisch so hart war, daß man damit einen Hänfling auf dem hölzernen Tisch hätte totschlagen können, und während er an dem Fisch roch, bis sich ein dümmliches Lächeln auf seinem Gesicht ausbreitete, verlangte er, daß Olja ihm Kartoffeln kochte. Dann aß er den Fisch zu den Kartoffeln und spülte mit einer sogenannten ›Bürste‹ nach – ein Glas Bier mit einem halben Glas Wodka. Das war sein ganzes Glück!

Und Olja kochte die Kartoffeln, wusch die Wäsche, führte die Kuh auf die Weide, ertrug ihren Mann schweigend und tat all das, was die Frauen auf dem Dorf schon seit Ewigkeiten zu tun haben. Das Leben verlief einfach und doch schwer.

Als sie fünfundvierzig geworden war, fingen die Nachbarskinder an, sie ›Oma Olja‹ zu nennen.

Dann kam die Unabhängigkeit, und das Land änderte seinen Namen. Der Kolchosvorsitzende fuhr weg, um irgendwo Deputierter zu werden, und sein Sohn wurde neuer Kolchosvorsitzender.

Olja versuchte die Veränderungen zu begreifen, aber der Nachbar Danil beruhigte sie. Er sagte, es würde sowieso alles genau so bleiben wie es war. Danil konnte man glauben – er war der einzige in ihrer Straße, der Zeitungen abonniert hatte.

Und tatsächlich: Nichts änderte sich, und das Leben ging genau so weiter wie vorher. Wieder kamen Zigeuner mit billigen, abgenutzten Sachen angefahren, mit rostigen Sägen und Beilen. Und wieder gab es Besäufnisse und Prügeleien und den ärgerlichen Geruch des gedörrten Fisches aus der Scheune, direkt neben der Sommerküche. Und der Kartoffelkäfer flog von der Kolchose her in ihren Gemüsegarten, und es gab keine Rettung vor ihm. Fjodor schlief, und sein Geschnarche drang durchs offene kleine Fenster ihrer Bauernkate über den Hof.

Nachts lag Olja allein auf dem breiten Bett. Die Wirbelsäule tat weh vom vielen Bücken, und deshalb wollte der Schlaf nicht kommen. Olja lag da und dachte daran, daß sich ihr Eheleben längst in zwei geteilt hatte. Das hieß, es hatte sich wie in *ihr* Eheleben und *sein* Eheleben aufgeteilt. Sie ernährte ihn, wusch für ihn und bekam ihn praktisch nicht zu Gesicht. Und er hackte sorgfältig Holz für den Winter, fing nachts Fische, schlief am Tag, und abends trank er entweder mit den Zigeunern oder schlenderte durchs Dorf. Was tat er sonst noch? Nichts. In den letzten zwei Jahren hatte er lediglich einen Aprikosenbaumsetzling in den Garten gepflanzt. Und auch der war nicht angegangen und schließlich vertrocknet. Jetzt streckte er nur noch seine toten Zweige von sich.

So lag Olja da und dachte, daß sie mit Fjodor eigentlich nichts gemeinsam hatte außer diesem breiten Bett. Und auch dort schliefen sie nur abwechselnd. Kinder hatten sie keine. Vielleicht lag es an ihr, vielleicht aber auch nicht. Zum Arzt war sie schließlich nicht gegangen. Der Arzt war weit weg, in der Gebietshauptstadt. Sie hätte einen ganzen Tag gebraucht, um zu ihm zu fahren. Was sie mit Fjodor hatte, war kein Familienleben, sondern eher so etwas wie eine Minikolchose, nur daß jeder seine Pflichten freiwillig erfüllte.

Vor dem Fenster war alles still. Die Nacht brach herein, und im Zimmer machte sich der Geruch des gedörrten Fisches breit, der aus der geschlossenen Scheune drang.

Seit einiger Zeit hatte Olja bemerkt, daß Fjodors Augen fröhlicher geworden waren. Gewöhnlich wurden sie vor dem Angeln fröhlicher oder vor dem Abendessen, und plötzlich wurden sie das mitten am Tag. Etwas stach in Oljas Brust. Aufmerksam beäugte sie Fjodor.

Auf Fjodors trockenem Gesicht zeigte sich Stolz – und Entschlossenheit. Er verschwand immer öfter irgendwohin. Draußen war später Vormittag, die Sonne schien mit aller Kraft, und er hatte ein weißes Hemd und ein Jackett übergezogen. Er bat Olja um Geld für den Bus, für eine Fahrkarte in die Stadt und zurück. Widerstrebend wickelte sie ihr Taschentuch auf und gab ihm das Geld.

Er nahm eine leere Tasche, ging in die Scheune, die neben der Sommerküche lag. Dann schritt er, schon mit vollgestopfter Tasche, zur Gartenpforte. Stolz und selbstsicher. Und sagte kein einziges Wort. Aber sein ganzes Benehmen sagte: ›Warte nur, du wirst schon sehen!‹

›Was soll ich denn sehen?‹ dachte Olja, die seinem Rücken hinterhersah.

Dann sah sie in die unverschlossene Scheune, bemerkte, daß all diese unzähligen Reihen gedörrten Fischs, die auf Schnüren unter der Decke gehangen hatten, verschwunden waren.

»Na, Gott sei Dank!« seufzte Olja, die dachte,

daß der Fisch nun ein für allemal aus ihrem Leben verschwunden wäre.

Die augenblickliche Erleichterung nahm jede Menge Gewicht von ihr. Sie lächelte sogar triumphierend. All der Fisch, der zwischen ihr und ihrem Mann gestanden hatte, war verschwunden. Jetzt konnte man wirkliche Veränderungen im Leben erwarten und nicht bloß solche, die aus Umbenennungen von Straßen und Dörfern bestanden. Plötzlich erinnerte sie sich an all das Gute, das sie von Fjodor in diesen dreißig Jahren ihres gemeinsamen Lebens gehört und gesehen hatte. Es war leicht, sich an all das zu erinnern, denn allzuviel gab es da nicht.

Auf diese Freude hin öffnete sie eine Flasche Himbeergeist vom letzten Jahr und trank ein Schnapsglas aus.

Abends kam Fjodor mit der leeren Tasche zurück. Er gab ihr das Geld für den Bus zurück und zeigte ihr noch einen ganzen Packen Scheine, den er fest in der Hand hielt. Nicht viel, aber auch nicht wenig. Olja schätzte, daß es wohl für ein paar Kilo Schweinefleisch vom Markt reichen müßte. Aber er gab ihr das Geld nicht. Er steckte es in die Tasche seines Jacketts. Dann zog er sich den alten Trainingsanzug mit den abgeschabten Stellen an den Knien an, griff sich Eimer und Angel und zog los.

Es wurde schon dunkel. Olja stand an der Gartenpforte und hörte, wie der Eimer am Henkel immer leiser und leiser hin und her quietschte, sich langsam Richtung Teiche entfernend.

Und wieder hatte Olja eine schlaflose Nacht. Und der Schmerz in den müden Armen und das Gefühl von einer unendlichen Blödheit im Kopf – das war wegen der morgendlichen Hoffnung auf Veränderung. Veränderungen würde es keine geben. Die gab es wohl überhaupt nicht. Auf die wartete man bloß immer.

Und durch das geöffnete Fenster drang nachts immer noch schwach der Geruch von gedörrtem Fisch, obwohl längst keiner mehr in der Scheune hing. Das wußte sie genau. Sie war in den vergangenen Tagen mehrmals nachsehen gegangen. Sie sah, daß kein Fisch mehr da war, lächelte und machte sich wieder an ihre Arbeit im Gemüsegarten. Wie leicht es sich da arbeitete!

Eines Morgens führte Olja die Kuh auf die Weide, und als sie zurückkam, stank der ganze Hof wieder nach Fisch. Fjodor stand mit dem Rücken zu ihr vor einem Tisch, den er in den Boden gerammt hatte. Er nahm die Fische aus. Unten auf dem Boden kaute die Nachbarskatze die weggeworfenen Innereien. Olja spuckte verächtlich aus und ging in den Gemüsegarten.

Abends nahm Fjodor wieder seine Angelausrüstung und trug nun nicht nur einen, sondern zwei leere Eimer zum Teich.

So ging das Abend für Abend. Schon war die ganze Scheune bis unter die niedrige Decke mit Fischen zugehängt, und sogar die Vorratskammer, in der die leeren Dosen für die fertig konservierten Fische aufbewahrt wurden, war voll. Dann begann er im Hinterhof Pfosten in die Erde zu schlagen und auch zwischen ihnen Leinen zu spannen.

Schweigend und mürrisch verfolgte Olja das Geschehen. Von weitem sah sie Fjodors Gesicht und bemerkte in seinen Augen einen fieberhaften Eifer.

›Vielleicht ist er durchgedreht?‹ dachte sie. ›Vielleicht müßte man ihn zum Arzt bringen?‹ Aber dann fiel ihr ein, daß das hieße, ins Kreiszentrum zu fahren, und das war eine ganze Tagesreise. Und hier fegten Stürme übers Land, die Kartoffelkäfer kamen von der Kolchose herübergekrabbelt, der Klee überzog den ganzen Gemüsegarten von den Rändern her. Mal wuchs er plötzlich zwischen den Tomatenpflanzen hervor, mal aus den Karottenbeeten. Und mit nichts konnte man ihn packen außer mit den bloßen Händen. Das Innere der Pflanze mußte man samt Kraut herausreißen und dann ganz sorgfältig die unterirdischen Wurzelausläufer herausziehen, damit sie nicht an einem anderen Ende wieder hervorkamen. Dazwischen mußte man ab und zu mal aufatmen, und Olja seufzte so aus tiefstem Herzen, daß ihr schon nach zwei-, dreimal ausatmen viel leichter wurde. So konnte sie sich schon wieder hinunterbücken, über die künftige Ernte. Auch wenn sie die ganz große Zukunft nicht voraussehen konnte, eins konnte sie vorhersehen: Es würde eine gute Ernte geben! Kartoffeln, Wirsing, Lauch, Zwiebeln...

Die Sonne schien, als wolle sie den Beginn des Herbstes abschwächen. Die Lerchen flogen irgendwo am Himmel und sangen. Sie jubilierten geradezu, als wenn bei ihnen alles in schönster Ordnung wäre.

›Wie es wohl wäre, ein Vogel zu sein?‹ dachte Olja und sah an sich herunter, betrachtete ihre dikken kräftigen Arme, ihren muskulösen Rumpf, der einem Fäßchen glich, besah sich ihre Beine, die dieses Fäßchen unermüdlich trugen. ›Ach nein, was wäre ich schon für ein Vogel!‹ sagte sie sich, mit einem Blick gen Himmel, wo die Lerchen immer noch jubilierten.

Sie richtete den Rücken auf, atmete tief durch, sog die Luft ein – und spuckte aus. Wieder der verfluchte Fischgeruch; aber diesmal roch es nicht nur nach dem üblichen salzgedörrten Fisch, sondern es roch nach verfaultem Fisch. Sie sah sich um, sah ihr Haus, ihr Anwesen. Sie betrachtete es, aber irgendwie ohne Liebe, ohne Achtsamkeit im Blick. Als ob es ihres wäre und doch nicht ihres.

Fjodor hängte inzwischen auf dem Hinterhof schon die Fische auf die gespannten Leinen. Er brauchte keinen anderen Geruch. Das war er – der Reichtum. Gesalzen, gedörrt. Getrocknetes Geld. Die Sonne an der richtigen Stelle, und schon trocknete sie die Fische und nahm nicht einmal Geld dafür. Und er würde sie dann in die Stadt bringen, zu den Bierbuden.

Was das dem Volk brachte? Für das Volk war das Bier ohne Trockenfisch, wie wenn man die Zunge auf Sandpapier rieb. Die Leute kamen angerannt, kauften ihm alles ab und ließen ihr Geld in seine Taschen fließen. Und das war nur gerecht, denn er hatte es nicht gestohlen, sondern mit seiner ehrlichen Arbeit verdient.

So Gott wollte, würde es noch vor dem ersten Frost für ein altes Motorrad reichen. Die Zigeuner hatten ihm gesagt, daß irgendeiner von ihnen eine alte IS-Sport verkaufte! Zuerst würde er das Motorrad kaufen und dann etwas für seine Frau, damit sie ihm kein schiefes Gesicht zog. Vielleicht ein Kleid. Oder vielleicht sogar eine Pelzmütze oder ein Tuch aus Ziegenhaar.

Wieso hatte er bloß früher nicht daran gedacht,

Fische zum Verkaufen zu dörren? Er war doch immer ein Meister in Sachen Trockenfisch gewesen! Jeder, dem er mal einen geschenkt hatte, hatte später noch einmal danach gefragt. Und wie sie ihn gefragt hatten! Was war das für eine Zeit jetzt! Nein wirklich, das war gar keine schlechte Zeit. Man mußte nur überlegen, was man woher nahm und wohin brachte. Mit anderen Worten: Kapitalismus. ›Gar nicht schlecht‹, dachte Fjodor. ›Wir gewöhnen uns auch daran, werden es uns zu eigen machen und weiterleben! Die Teiche sind ja groß. Sie sind riesig und gehören niemandem!‹

Und abends zog er wieder los, Eimer in Eimer gestapelt, weil er sie so bequemer tragen konnte, und in der anderen Hand die Angel, die Würmer aus dem Garten und etwas Teig. Die Fische in den Teichen waren blöd, sie bißen bei allem an. Und sie knabberten nicht erst, nein sie schluckten sofort den ganzen Haken! Wahrscheinlich waren sie sehr hungrig.

Nicht mal am Sonntag ruhte sich Fjodor aus. Wenn er von den Teichen kam, nahm er die Fische aus und salzte sie ein. Schließlich spannte er noch Leinen zwischen der Sommerküche und der Veranda, er verhängte mit diesen Leinen den ganzen Hof. Und dann begann er sofort, Fisch zum Trocknen darauf zu hängen. Auf dem hinteren Hof hing schon so viel Fisch, daß nicht mal eine Sardelle mehr Platz gehabt hätte.

Er nahm seinen nächtlichen Fang auseinander, dann zog er sich um. Die Fische, die neben der Sommerküche schon fertig getrocknet waren, brachte er in die Scheune und ging schweigend vom Hof.

Olja sah ihm durch ein kleines Fenster nach. Draußen war Sonntag, aber in ihrem Herzen war Montag, und sie hätte am liebsten ausgespuckt. In der Bauernkate war es stickig. Man hätte das Fenster öffnen müssen, aber dann wäre der ganze Fischgeruch hereingezogen. So war es schlecht, aber anders wäre es noch schlimmer gewesen.

Olja trat hinaus und führte die Kuh auf die Weide. Sie schlug den eisernen Pflock in die Erde und setzte sich daneben. Bloß gut, daß der Wind zum Bauernhaus hin wehte. So atmete sie die frische Luft ein, und der Klee duftete. Die Kuh kaute Gras und klirrte mit ihrer Kette. Auch Olja schaute ins Gras.

›Die Erde ist ohne Gras eine Wüste! Wie ein kahler Schädel. Dort, wo das Gras ist, da ist das Leben, da sind Würmer und Käfer – und Kühe. Und wenn man sich die Erde kahl vorstellte, ohne Gras … Wenn es keine Gemüsebeete, keine Gärten gäbe? Ein toter Platz, eine Einöde. Fängt etwa alles mit dem Gras an?‹

Olja dachte lange nach. Und über ihr sangen die Lerchen wieder die letzten Herbstlieder. Die Kuh rasselte mit ihrer Kette, riß Gras ab und schmatzte mit ihrem schweren Maul.

›Der Mensch ist wie das Gras‹, dachte Olja. ›Kaum ist er der Erde entwachsen, schon stirbt er ab. Das Bauernhaus wird leer stehen, der Garten vom Sturm verwüstet werden …‹ Und einen Garten bepflanzen mußte doch eine der ältesten Tätigkeiten überhaupt sein. Vielleicht sogar älter als das Gras … nein, das konnte nicht sein. Wahrscheinlich war am Anfang das Gras gewesen, und dann kam der Gemüsegarten. Die Menschen hatten gesehen, wie das Gras wuchs, und waren Bauern geworden. Sie sahen, welche der Tiere dieses Gras fraßen, und hielten sich diese Tiere.

Olja sah ihre Kuh voller Zärtlichkeit an.

›Die Kuh frißt sich satt – und gibt Milch!‹ dachte sie weiter. ›Und ich trinke mich morgens an der Milch satt – und gehe in den Gemüsegarten, um zu arbeiten …‹

Genau bei diesem Gedanken änderte sich die Windrichtung und wehte von ihrem Hof den Fischgeruch herüber, salzig, schwer und zäh. Und es war, als hörten die Lerchen mit einem Mal zu singen auf. Oljas Augen füllten sich mit Tränen. Sie standen einen Moment in ihren Augen und rollten dann langsam die Wangen herab. Sie tat sich selbst leid. Es tat ihr um ihr Leben leid, in dem es nur drei Feiertage gegeben hatte, und das war vor dreißig Jahren gewesen. Damals, als sie Hochzeit gespielt hatten. Und dann? Ein wortkarger, unzärtlicher Mann, von dem sie weder ein liebes Wort noch je ein Geschenk bekommen hatte. Alles wie früher in der Kolchose: Sie molk die Kuh, er hackte das Holz. Dann wärmten sie sich beide am Ofen und tranken schweigend Milch. Eine Dummheit war das, aber kein Leben. Und jetzt noch dieser Fisch! Man hätte meinen können, er hätte eine neue Liebe gefunden, denn es war doch so: Er hatte sie völlig gegen den Fisch eingetauscht. Nachts war er mit dem Fisch zusammen, tagsüber war er mit dem Fisch zusammen. Und sie mußte bloß wegen ihm diesen alptraumhaften Geruch ertragen. Manchmal schien es ihr, daß sogar schon die Milch, und selbst die Kuh, nach Fisch roch.

Man konnte es nur durchstehen und auf den Winter warten. Im Winter fing er nicht so viel, und dörren konnte er bei Frost auch nicht. Im Winter würde alles zum Stillstand kommen. Im Winter würde auch der Fischgeruch erfrieren. Bei Frost verliert sich jeder Geruch schnell, es ist, als wenn es ihn gar nicht gegeben hätte.

Olja ließ die Kuh grasen und ging ins Dorf, um

dort spazierenzugehen. Sie ging an den Nachbargrundstücken vorbei, betrachtete kritisch deren Gemüse- und Ziergärten. Vielerorts hatte man schon Abfallhaufen aufgetürmt. Bald würden die Feuer rauchen, und eine ganze Woche lang läge Qualm in der Luft. Und sie hatte noch nicht einmal das Laub im Garten zusammengefegt. Und auch der Hof war schon lange nicht mehr gekehrt worden.

Ein paarmal blieb sie an Nachbarzäunen stehen und wechselte mit den Nachbarinnen ein paar Worte. Die Gespräche waren wie ein Echo in einem Brunnen: ›Und was macht deiner?‹ – ›Na ja, geht so. Und deiner?‹

Sie kehrte heim. Sie ging unter den aufgehängten Fischen hindurch, den Atem anhaltend. Dann nahm sie den Rechen – und ab in den Garten. Ordnung machen.

Sie harkte mit dem Rechen einen Haufen Blätter zusammen, der halb so groß wie sie selbst war. Danach war sie erschöpft. Sie kehrte auf den Hof zurück und setzte sich an den in die Erde gerammten Tisch. Er roch nach Fisch, aber Olja hatte schon keine Kraft mehr, um aufzustehen. Sie saß da, wärmte sich an der Sonne und ertrug den Fischgeruch.

Aber der Wind rieb die kartontrockenen Fische gegeneinander. Er wehte Sehnsucht heran. Und von den Gedanken in Oljas Kopf war einer sehnsüchtiger als der andere.

So war sie zum Beispiel morgens an Oksanas Bauernhaus vorbeigekommen. Ungepflegt stand das Haus da, die Farbe blätterte ab, es war leer. Und an der Gartenpforte war ein Kettenschloß. Früher hatte hier eine ganz normale Familie gewohnt. Oksana und Stepan. Sie war Buchhalterin der Kolchose und er Traktorfahrer und Mechaniker gewesen. Alles war ganz normal gewesen: Sie arbeitete und versorgte den Haushalt, er arbeitete und trank. Und manchmal trank er nur und arbeitete gar nicht. Er schlug sie oft, wenn er betrunken war. Einmal im Frühjahr, es war wohl im März gewesen, hatte er sie so geschlagen, daß sie aus dem Haus weglief. Zwei Tage lang versteckte sie sich bei den Nachbarn, legte sich Spitzwegerichwickel auf ihre Blutergüsse, die sie am ganzen Körper hatte. Und dann geschah etwas mit ihr, so sagten die Nachbarn. Wie wenn in ihrem Inneren etwas geklickt hätte und plötzlich ihr Gesicht veränderte. Scharfkantig wurde ihr Gesicht und entschlossen, wo es doch bis dahin sanft und gutmütig gewesen war. Und als dieser Wandel mit ihrem Gesicht passiert war, stand sie vom Bett der Nachbarin auf zog sich an und ging nach Hause.

Ihren Mann hat man durch den Verwesungsgeruch gefunden, nach vier Tagen. Er lag im Holzhaus mit einem Loch im Kopf. Mit was sie ihn erschlagen hatte, wußte man nicht, nur daß sie seitdem keiner mehr gesehen hatte. Man sagte, daß sie in ihre alte Heimat geflohen wäre, nach Weißrußland.

Nein, Olja wäre nicht weggelaufen. Sie war nicht so. Aber ihr Mann war auch nicht so einer. Wenn er auch wortkarg war und völlig durchgedreht mit seinem Fisch, daß er sie schlagen würde – nein, niemals! Vielleicht wär's besser, wenn er's täte? Vielleicht wäre das besser, als wenn er den ganzen Hof und das Holzhaus mit seinem Fisch verstänkerte?

Olja zuckte die Achseln bei ihren Überlegungen.

Diesen Stepan, Oksanas Mann, hatte man auf Kosten der Kolchose beerdigt. Und niemand hatte sich je wieder an ihn erinnert. Und auch Oksana hatte man anscheinend nicht wirklich gesucht. Ein Kriminalkommissar war gekommen, hatte ein Protokoll aufgenommen, das war alles gewesen. Und nun stand das Bauernhaus da wie ein Denkmal. Wieso sollte Oksana nicht von da zurückkehren, wo sie sich versteckt hielt? Vielleicht würde man ihr sofort verzeihen, man wußte ja schließlich, was für einer ihr Ehemann gewesen war.

Wieder zuckte Olja die Achseln und drehte sich

von der Sonne weg. Sie betrachtete das Gras zwischen den Bäumen. Das Gras war noch grün. Es war, als ob es sich wieder aufrichtete, nachdem Olja die Last des Laubes von ihm weggerecht hatte.

So würde sich auch Oksana wieder aufrichten können, wieder aufblühen, nun da sie Stepan umgebracht hatte. Wenn man das Unkraut ausriß, schossen sofort alle guten Pflanzen in die Höhe, und erst recht wenn man danach noch weiterjätete!

›Wir Bäuerinnen sind wie die Pflanzen‹, dachte Olja. ›Wenn man von uns nicht das Überflüssige wegrecht, nicht ausjätet, quälen wir uns nur ab und gehen ein. Wie gut, wenn bei einer die Kräfte reichen! Und wie soll eine Bäuerin auch keine Kraft haben?‹

Auf dem Tisch landete vor Olja mit lautem Surren eine riesige grüne Fliege. Sie saß da, rieb die Vorderbeine aneinander, sah Olja an und flog dann nach oben zum Fisch. Dort wimmelte es bereits von derartigen Fliegen. Nur wenn der Wind die Fischseiten gegeneinanderschlug, war es, als entferne sich das Gesurre für kurze Zeit.

Der Abend kam. Olja ging ins Haus, aß eine Kleinigkeit. Sie sah auf die Uhr – der letzte Bus aus der Stadt war schon vor einer Stunde vorbeigefahren. Also war Fjodor nicht mitgekommen. Ob er bei jemandem auf eine Mitfahrgelegenheit wartete?

Fjodor kam auch etwas später nicht, und auch am Morgen nicht. Olja war über sich selbst verwundert. Sie wunderte sich über ihre Gleichgültigkeit, was Fjodors Abwesenheit betraf. Er war nicht da, na prima. Es war, als wäre er auch früher gar nicht hier gewesen. Nur der Fisch stank genau wie vorher, und die Fliegen surrten lauter, als die Vögel sangen. Das war wohl, weil die Vögel höher waren, oben auf den Bäumen, und die Fliegen spazierten direkt über Oljas Kopf auf dem Fisch herum.

›Na und?‹ dachte Olja. ›Ich warte ein paar Tage, und dann kann ich auch den Fisch vom Hof schaffen. Wahrscheinlich ist er bei irgendeinem Weib in der Stadt geblieben …‹

Es vergingen ein paar Tage, und es roch schon stärker nach Herbst. Die Wolken am Himmel tauchten häufiger auf. Am anderen Ende des Dorfes entfachte einer das erste Feuer.

Zuerst stieg der Rauch in einer Säule zum Himmel, dann durchschnitt sie der Wind, der Rauch wirbelte im Kreis herum, vermischte sich mit der Luft.

Olja stand eine halbe Stunde lang auf dem Hof und sah zum Rauch in der Ferne. Der herbstliche Rauch – das hieß, es ging aufs Ausruhen zu, auf den Winter. Ein letztes Aufbäumen.

Olja betrachtete ihren Blätterhaufen. Sie hatte noch zwei weitere im Garten zusammengerecht.

Auch die konnte man anzünden. Es würde erst brennen und dann weiter vor sich hin schwelen, das ging immer sehr lange.

Der Fischgeruch machte auf sich aufmerksam und Olja betrachtete die Trauben von Trockenfisch, die von den Leinen herunterhingen. Sie erinnerte sich an Fjodor. Und dann beschloß sie, auf den hinteren Hof zu gehen, dorthin, wo die Scheune mit dem Kleinholz für den Winter stand. Sie lugte in die Scheune – Fjodor hatte viel Holz gehackt, so um die acht Kubikmeter oder auch mehr. Sie atmete erleichtert auf – es würde im Haus warm sein im Winter.

Dann stellte sie einen Topf mit Kartoffeln fürs Abendessen auf den Herd und ging selbst wieder auf den Hof hinaus, um den Abend zu begrüßen. Um die Zeit war ihr jetzt immer froh ums Herz, froh und friedlich. Nur wenn ein Wind aufkam und die gedörrten Fischseiten aneinanderrieben, überfiel sie ein unerklärliches Zittern.

Der Abend kam jetzt schon früh, und der Sonnenuntergang war rot wie Schweineblut, bevor es gerann.

›Warum eigentlich nicht das erste Feuer gleich jetzt anzünden?‹ dachte Olja, als sie sich umsah und den Haufen mit Blättern und Zweigen auf dem Hof erblickte.

Der Gedanke gefiel ihr. Sie ging ins Haus, um Zündhölzer und alte Zeitungen zu holen. Sie steckte zusammengeknüllte Zeitungen in verschiedene Ecken des Haufens und setzte sie, um den Haufen herumgehend, in Brand.

Die Blätter fingen Feuer. Langsam, unsicher leckten die Flammen an den Rändern des Haufens entlang, suchten die Stellen, wo sie es leichter hätten. Dünne Rauchsäulen stiegen zum dämmrigen Himmel empor, und in dem Maße, wie sich die einzelnen Flammenherde einander annäherten, so näherten sich auch die Rauchsäulen einander an, in dem Bestreben, hoch über dem Feuer miteinander zu verschmelzen.

Olja ging langsam um den Haufen herum, lauschte dem zärtlichen Flüstern des Feuers und atmete die angenehm rauchige Luft ein. Und als die Flammen schon höher waren als Olja groß, bemerkte sie, daß die Flammen schon an den über dem Blätterhaufen zum Trocknen aufgehängten Fischen leckten, die Schwanzflossen fingen Feuer leicht wie Papier. ›Da schau her!‹ wunderte sich Olja. ›Das Feuer ist klüger als ich! Schon längst hätte man diesen ganzen Fisch verbrennen sollen!‹

Sie nahm ein Messer, schnitt ein paar aufgespannte Leinen durch, auf denen der gedörrte Fisch hing, und warf sie oben aufs Feuer. Das Feuer zischte auf, und ein Salzgeruch erfüllte die Luft. Der Geruch war gar nicht schlecht, war ganz und gar anders als der vom Fisch selbst.

Sie mußte schlucken, der Topf mit den Kartoffeln fiel ihr wieder ein, und sie ging ins Haus.

Dann saß sie am Tisch neben dem Fenster. Sie aß eine Kartoffel und betrachtete draußen die Flammen.

Als sie sich satt gegessen hatte, kehrte sie auf den Hof zurück. Am Himmel standen schon die Sterne. Und der Wind fegte wieder herbei, trieb das Feuer noch mehr an, ließ den Haufen schneller herunterbrennen. Und er schlug die gedörrten Fischseiten aneinander.

Da schnitt Olja alle Leinen auf dem Hof ab und warf den Fisch ins Feuer. Und wieder – genau wie wenn man Salz in eine Suppe gab – wurde die rauchige Luft salzig. Danach ging sie auf den Hinterhof, schnitt alle Leinen durch, sammelte den Fisch auf und trug ihn mit beiden Armen zum Feuer.

Sie fühlte sich wohl, als wenn ihre Jugend zurückgekehrt wäre. Als wenn sie alles noch vor sich hätte und hinter ihr nichts gelegen hätte, nur eine Blumenwiese und ein Wiesenweg. Es war, als wenn sie noch gar kein früheres Leben gehabt hätte.

Um den Hof wurde die Dunkelheit dichter. Das Dorf wurde still vor dem Schlaf. Ruhe kehrte ein.

Plötzlich knackte etwas an der Gartenpforte. Olja wandte sich um und lauschte. Es war eigentlich nichts, aber trotzdem wurde ihr ängstlich zumute. Schließlich war sie jetzt allein, und es war niemand da, um sie zu verteidigen. Seitdem ihr Hund Scharik verendet war, hatten sie keinen anderen Wachhund mehr zu sich genommen. ›Wozu?‹ hatte Fjodor gesagt. ›Wer will schon was von uns? Und wenn wir einen Hund ernähren wollen, muß man ihm auch Fleischknochen geben!‹ Und nun war kein Hund da und auch kein Fjodor, und ihr wurde mulmig, wenn sie so ein Knacken in der Dunkelheit hörte!

Allmählich beruhigte Olja sich wieder und ging zum Feuer zurück. Sie stocherte mit der Heugabel darin herum, damit es mehr Luft bekam.

Sie sah zum Himmel auf. Der war jetzt ganz frei: keine aufgespannten Leinen, keine gedörrten Fische mehr. Nichts als die Sterne.

Und dann wieder ein Knacken und ein Geräusch, als ob jemand hustete. Oljas Körper spannte sich. Sie nahm die Heugabel in die Hand und lauschte.

Es kam ihr so vor, als hielte sich jemand hinter dem Zaun versteckt. Sie ging zur Gartenpforte, überprüfte den Riegel: Das Tor war gut verschlossen, man konnte es nur von innen öffnen.

Und plötzlich lagen oben auf dem Zaun zwei Hände. Die Zaunbretter knirschten. Olja ging zur Seite. Sie hörte, wie jemand einatmete und sich nach oben auf den Zaun zog.

Für einen Augenblick war eine Männersilhouette auf dem Hintergrund des dunklen Sternenhimmels zu sehen. Aber dieser Augenblick reichte nicht aus, und auch das Licht reichte nicht, um den nächtlichen ungebetenen Gast zu erkennen.

Er sprang über den Zaun und landete etwa zwei Meter von Olja entfernt. Dann stand er still da und sah sich um. Olja bemerkte er nicht.

Und Olja, der klargeworden war, daß es nur ein einziger Mann war, überwand ihre Angst und drückte die Hand fester um den Stiel der Heugabel.

›Da hat einer erfahren, daß ich jetzt allein lebe!‹ dachte sie, während sie mit gesunder Bosheit auf die Männersilhouette sah.

Der Mann wollte sich wohl zum erleuchteten Fenster des Bauernhauses hinschleichen, denn er sah vorsichtig dorthin. Plötzlich hörte er Schritte hinter seinem Rücken. Er schaffte es nicht mehr, sich umzudrehen. Der kalte Stahl der Heugabel durchbohrte ihn wie eine riesige Nähmaschine. Auf seiner Zunge bildete sich ein saurer Geschmack. Er sank zur Erde nieder.

Olja zog die Heugabel heraus, packte den Mann

am Kragen und zog ihn zum hellen Viereck des Fensterlichtes.

Vor ihr auf der Erde lag Fjodor. Er war unrasiert, das Haar war borstig, und er war schmutzig. Genau wie ein Hund, der aus guter Pflege abgehauen war.

Olja sah voller Bedauern auf ihn herab. Er atmete schon nicht mehr. Das linke Auge war geschlossen, und das rechte war noch halb geöffnet.

›Ach du lieber Himmel, verdammt nochmal!‹ dachte Olja. ›Er ist abgehauen, na gut, aber weshalb ist er zurückgekehrt? Wegen des verflixten Fisches, oder was?‹

Sie sah sich nach dem Feuer um. Es schwelte, brannte kaum noch.

Olja nahm die Heugabel, stocherte damit in der Glut. Mit dem Rauch flogen Funken zum Himmel. Die Flammen belebten sich ein wenig.

Sie ging wieder zu Fjodor.

Was sollte sie mit ihm machen? Ihn hier lassen und selbst davonrennen wie Oksana? Nein. Sie hatte nichts, wohin sie hätte fliehen können, und sie hatte auch keinen Grund. Das war ihr Haus, ihre Wirtschaft, ihr Garten, ihr Gras. Sie würde nirgendwohin rennen.

Sie beugte sich tiefer über Fjodor, und der verhaßte Fischgeruch stieg ihr in die Nase. Olja schüttelte den Kopf. Dann packte sie Fjodor erneut mit beiden Händen am Kragen des Jacketts und zog ihn zum Feuer. Sie zog ihn ganz heran, versuchte ihn hochzuheben, um ihn oben auf die Flammen zu legen, aber ihre Kräfte reichten nicht. So ließ sie den Körper ihres Mannes wieder herabsinken. Nachdem sie ein paar Minuten nachgedacht hatte, nahm sie wieder die Heugabel zur Hand und legte alle Glut nach und nach auf Fjodor. Sie fügte ein paar Kiefernzapfen hinzu, und auch all den noch nicht verbrannten Fisch warf sie darauf. Das Feuer wurde groß, Fjodor war gar nicht darunter zu sehen. Es war, als würde er nicht mehr existieren.

Olja kehrte ins Haus zurück. Sie kochte sich einen Tee. Wieder saß sie am Tisch beim Fenster. Dann fiel ihr Blick auf die Uhr: Es war fast elf.

Ihre Gedanken kehrten wie von selbst zu ihrem Mann zurück. Sie dachte voller Bedauern an ihn, als wenn er irgendwo weit weg wäre und nicht da draußen auf dem Hof unter dem Feuer.

Nachts nahm sie den Spaten und ging in den Garten. Sie grub den vor zwei Jahren nicht angegangenen Aprikosensetzling aus und vertiefte an seiner Stelle die Grube. Ganze eineinhalb Stunden grub sie. In den Pausen ging sie immer wieder zum Feuer, fütterte es mal mit Feuerholz, mal mit Blättern von einem anderen Laubhaufen.

Als die Morgendämmerung heranbrach, trat Olja ans Feuer. Sie hatte alles gut abbrennen lassen, das Holz und die Blätter. Auch von Fjodor waren nur schwarze Knochen übrig. Sie nahm die Knochen mit der Heugabel auf, zog sie weg – das ging ganz leicht. So schob sie die Knochen in den Garten, schubste sie in die Grube und bestreute sie mit Erde. Und dann, damit der Platz nicht leer blieb, setzte sie wieder den vertrockneten Aprikosenbaum darauf.

Olja überwinterte ruhig und satt. Die Nahrung reichte für sie, und auch das Viehfutter reichte für die Kuh. So warteten sie zu zweit, Olja und die Kuh, bis der Winter vorüber war.

Und im Frühling, als alles zu sprießen begann und auch das Gras grün wurde, das sich unter dem Schnee hervorgearbeitet hatte, belebte sich der Aprikosensetzling. Er wurde grün und streckte seine frischen Triebe der Sonne entgegen.

Olja wunderte sich darüber. Zuerst wollte sie ihn ausreißen, aber dann ließ sie es. Sollte er ruhig wachsen.

Ein merkwürdiger Diebstahl

1

Der Herbst hielt am einundzwanzigsten Oktober unvermutet Einzug in die Stadt. Er hätte auch früher kommen können, aber entweder hatte man vorher kein Geld für den Herbst gehabt, oder es gab andere objektive Gründe dafür. Jedenfalls kamen am Morgen des einundzwanzigsten Oktober Lastwagen angefahren, deren Nummernschilder auf einen Herkunftsort hinter den Karpaten schließen ließen, und verstreuten auf den Trottoiren gelbe Herbstblätter. Ich kam gerade aus dem Haus, als diese das Laub verstreuenden Autos vorbeigefahren waren. Ich betrat die Straße, schlenderte langsam über den Gehsteig und genoß das Geräusch der unter meinen Füßen knisternden Blätter. Jetzt war es Herbst!

Bei diesen freudigen Gedanken ließ ich meinen Blick schweifen und verharrte einen Moment auf den Reihen der dicken und dünneren Baumstümpfe, die genau in der Mitte der Erdgruben im Asphalt standen. Der letzte Winter hatte sich als ungewöhnlich kalt entpuppt, und die Stadtbewohner hatten klammheimlich alle Bäume entlang der Straßen abgesägt. Nur den Arbeitern einer Maschinenbaufabrik hatte diese Kälte eine echte Freude bereitet: Sie hatten den ganzen Winter über in drei Schichten Kanonenöfen für die durchfrorene Bevölkerung hergestellt. Und auch die Klempner hatten Glück gehabt. Viele kamen von außerhalb extra für ein paar Monate nach Kiew, mieteten sich eine Wohnung mitten im Stadtzentrum, arbeiteten ohne Unterlaß und verdienten nicht schlecht dabei. Sie verlegten die Blechrohre, die den Rauchabzug durch das Fenster gewährleisteten. Abends vor dem frühen winterlichen Sonnenuntergang konnten sich die Kinder an den Rauchsäulen kaum satt sehen, die den aus den Fenstern ragenden abgeschnittenen Rohren entstiegen.

Die Prognose für den kommenden Winter war auch nicht gerade lustig, doch jetzt begann erst der Herbst, und unter den Füßen knisterten die grellbunten Karpatenblätter. Ich ging ins Café Switotsch auf der Großen-Shitomirskaja-Straße, wohin mich an diesem Morgen ein alter Bekannter telefonisch eingeladen hatte. Er war früher einmal Liedermacher und Hobbygitarrist gewesen, inzwischen aber als Mitglied des Stadtrates und Präsident irgendeines städtischen Ausschusses tätig.

Ein kühler Wind umwehte mich, aber anstatt schneller zu gehen, stellte ich nur den Kragen meiner warmen schwarzen Jacke hoch.

Als Sergej mich sah, sprang er hinter seinem Tisch auf, als fürchtete er, ich würde ihn nicht erkennen. Ich nickte ihm zu, bestellte im Vorbeigehen am Bartresen einen Kaffee und setzte mich dann zu Sergej. Er sah irgendwie bedrückt oder gar halb krank aus. Auch sein Blick war leicht verloren, als sei ihm etwas Wichtiges abhanden gekommen.

»Na was ist denn los?« fragte ich. »Pack schon aus!«

»Aber du mußt versprechen, nicht zu lachen«, bat er und sah sich flüchtig nach zwei Mädchen um, die am Nachbartisch saßen.

»Na gut, ich verspreche es.«

Nach einer langen Pause, während der Sergej eindringlich seine Kaffeetasse betrachtete, auf deren Grund nur noch der Satz war, seufzte er schließlich auf und sah mich entschlossen an. »Man hat mir Sperma gestohlen ...«

Ein Lacher wollte mir entfahren, ich hielt mir sofort die Hand vor den Mund, aber erst nach ein paar Minuten hatte ich mich wieder richtig im Griff.

»Na siehst du«, sagte Sergej vorwurfsvoll. »Ich hab doch gewußt, daß es so kommt ...«

»*Was* hat man dir geklaut?«

»Hör auf zu lachen … Ich weiß ja, wie das klingt.«

»Und wieso erzählst du mir das?«

»Deine Telefonnummer ist doch noch dieselbe?« fragte Sergej. »Die 445-55-44?«

»Ja.«

»Eine Nummer, die man sich merkt … Ich habe sie aus dem EXPRESS-ANZEIGER herausgeschrieben, und dann erst ist mir aufgefallen, daß es deine Nummer ist. Du hast doch eine Anzeige laufen, unter der Rubrik Private Ermittlungen?«

»Ja, schon. Aber das ist schon ewig her, daß ich diese Anzeige aufgegeben habe.«

»Aber du hast doch in dem Bereich gearbeitet?«

Ich seufzte. Ich hatte keine sonderliche Lust über meine Erfahrungen als Privatdetektiv zu erzählen. Meine Erfolge beschränkten sich auf zwei Beschattungen von Frauen und einem blauen Auge, das ich erhalten hatte, als sich schließlich herausstellte, daß ich falsch gelegen hatte. Ich faßte das kurz zusammen, aber Sergej folgte meinem Bericht unerwartet aufmerksam.

»Hör zu, das ist genau, was ich brauche. Du mußt einer Frau folgen! Genau das!«

»Aber was willst du denn? Daß ich dir das geklaute Sperma zurückbringe?«

»Quatsch! Was soll ich denn damit?«

»Eben. Ich kapiere überhaupt nichts«, gestand ich ehrlich. »Also komm schon, entweder erzählst du mir alles ganz genau und verständlich, oder wir trinken noch einen Kaffee, und jeder geht seiner Wege. – Wo ist übrigens meiner?«

Ich sah zur Theke hin und erblickte dort eine einsame weiße Tasse. Das war tatsächlich mein Kaffee, nur daß er inzwischen kalt geworden war. Der Barkeeper erklärte auf meinen unzufriedenen Blick hin, daß er keine Kellner hätte, und rufen könne er nicht, weil er auch so schon heiser sei.

Na gut, dachte ich, später nehme ich noch einen heißen ...

»Verstehst du, ich hab eine Geliebte, eine Schauspielerin aus dem Komödientheater, sie ist Armenierin. Also vor kurzem saßen wir bei mir. Dann gingen wir schließlich in die Horizontale, na du weißt schon. Danach nahm ich das ›Regenmäntelchen‹ ab und legte es auf den Boden.«

»Was für ein Regenmäntelchen?«

»Na, sie nennt die Präservative so. Kurz und gut, ich ging ins Bad, komme zurück und schaue auf den Boden, damit ich ja nicht drauftrete. Und es ist weg! Und sie liegt auf dem Sofa, als wenn nichts wäre. Die Augen geschlossen, tut sie so, als ob sie sich ausruhe.«

»Wieso glaubst du, daß sie sich verstellt hat?«

»Na, wenn man wirklich entspannt daliegt und ausruht, dann hat man's nicht eilig, wo hinzukommen! Aber sie sagte nach zwei Minuten: ›Ich muß gehen, ich habe noch ein Treffen in der Stadt.‹ Und zog sich in dreißig Sekunden an – das hab ich nicht mal in der Armee geschafft. Verstehst du?«

»Und was war weiter?«

»Danach ging sie ins Bad, und ich suchte schnell das Zimmer nach dem Präservativ ab. Ich fand es auf dem Stuhl unter ihrer Bluse. Es war zugeknotet, damit nichts herausfloß.«

»Und was hast du gemacht?«

»Ich hab es unter das Sofa geschoben. Als sie aus dem Bad kam, hat sie mich gebeten, in der Küche Tee zu kochen. Verstehst du, damit ich nichts bemerke. Und später, nachdem sie in zwei Minuten einen Tee hinuntergestürzt hatte, als sie gegangen war, sah ich unter das Sofa. Und stell dir vor, es war weg ...«

»Du hättest es gleich wegwerfen müssen!« sagte ich gedankenverloren.

»Na wer denkt denn an so was, daß sie sogar unters Sofa kriecht?«

Die Sache verblüffte mich wirklich. Ich hätte es ja noch verstanden, wenn Geld oder Dokumente gestohlen worden wären, aber Sperma?

»Also, was ist?« fragte Sergej hoffnungsvoll.

»Aber was will sie denn damit?« platzte ich heraus.

»Na deshalb hab ich dich ja angerufen! Ich gebe dir ihre Adresse, ein Foto hab ich auch. Krieg raus, was da Sache ist, mich beunruhigt das irgendwie…«

In dem Moment fühlte ich mich plötzlich wie mit heißem Wasser übergossen. Ich hatte den Eindruck, daß mir jemand in den Nacken atmete. Ich sah mich um, und mein Blick stieß mit dem eines vierzigjährigen Mannes in einer dunkelblauen chinesischen Jacke zusammen. Er saß direkt hinter mir und hatte den Stuhl wohl seitlich vom Tisch weggerückt. In der Hand hielt er eine zu einer Rolle zusammengedrehte Zeitung. Offensichtlich hatte er nicht damit gerechnet, daß ich mich so ruckartig umdrehen würde, und jetzt rutschte er auf seinem Stuhl hin und her, um einen schnellen Entschluß zu fassen. Schließlich rückte er seinen Stuhl schweigend zum Tisch und kehrte mir die Seite zu.

Ich sah wieder zu Sergej. Sein Gesicht war bleich.

»Ich nehme noch einen Kaffee«, sagte er. »Willst du auch noch einen?«

»Lieber einen Tee. Kaffee macht mich so nervös…«

»In Ordnung.«

Während Sergej mit dem Barkeeper sprach, schaute ich ein paarmal zu diesem Mann hin, der immer noch hinter mir saß. Wurde Sergej etwa beschattet? Wo war er da bloß reingerasselt? Wenn der Mann was damit zu tun hatte, dann ginge es allerdings um etwas anderes als um Sperma. Aber die Geschichte von dem geklauten Samen schien, gerade weil die Situation so absurd war, eher der Wahrheit zu entsprechen.

Sergej und ich saßen noch etwa eine halbe Stunde im Café.

Dann standen wir auf, sofort überholte uns der Mann und rannte geradezu auf die Straße.

»Hör mal, du wirst ja nicht zufällig beschattet?« fragte ich.

»Da war so ein Mißverständnis, vor einem Monat. Man hat mich mit meinem Wohnungsnachbarn verwechselt, und zwei Tage lang ist mir einer hinterher. Aber dann haben sie wohl bemerkt, daß sie sich geirrt hatten ...«

»Und was war? Haben sie sich entschuldigt?«

»Nein. Mein Nachbar ist mitsamt seinem Jeep in die Luft geflogen, und mich haben sie in Ruhe gelassen.«

»Und hast du den Mann, der hinter mir saß, schon einmal gesehen?«

»Ich hab gar nicht darauf geachtet, wer da gesessen hat«, sagte Sergej achselzuckend.

Bevor wir auseinandergingen, schob er mir einen Umschlag zu, in dem ich zu Hause das Foto der armenischen Schauspielerin mit wildgelockten Haaren vorfand, einschließlich ihrer Visitenkarte mit Privatadresse.

2

Etwa gegen neun Uhr fuhr ich mit meinem alten Moskwitsch zu ihrem Haus, parkte und stellte den Motor ab. Ich wußte schon, daß ihre Probe im Theater um elf begann, von dort bis zum Theater waren es zwanzig bis dreißig Minuten mit dem Auto. Das bedeutete, sie konnte noch anderthalb Stunden zu Hause sitzen und aus dem Fenster schauen, sie konnte diesen grauen Herbsthimmel betrachten oder die Blätter, die über die Trottoirs verstreut lagen.

Auf eine längere Wartezeit gefaßt, hatte ich zehn druckfrische Zeitungen gekauft und überlegte gerade, mit welcher ich anfangen sollte, als sie aus dem Hauseingang trat. Sie trug einen eleganten hellgrauen Regenmantel und eine Handtasche von mausgrauer Farbe, an den Füßen schwarze Halbstiefel. Sie sah zum Himmel, dann schaute sie um sich und ging schließlich die Straße entlang Richtung Bushaltestelle. Ich wartete, bis sie die Haltestelle erreicht hatte und in den Bus gestiegen war. Dann erst fuhr ich auf die Straße.

Vor jeder Haltestelle mußte ich an den Rand fahren und beobachten, ob sie nicht ausstieg. Das fing schon an, mir auf die Nerven zu gehen. Der Bus fuhr Richtung Stadtzentrum, und dort im Zentrum würde es mit dem Halten kompliziert werden. Ich hätte natürlich jedesmal die Warnblinkanlage einschalten können, aber das hätte mir ein unnötiges Interesse der Verkehrspolizei eingebracht.

Schließlich stieg die Schauspielerin bei der Metro-Station ›Universität‹ aus und ging zum Seiteneingang des Botanischen Gartens.

Ich quetschte meinen Moskwitsch zwischen einen Mercedes und einen Audi auf dem Parkplatz beim Café ›Bonbon‹.

»Was machst du denn da, Mann?« rief mir ein ernsthaft erstaunter Kerl zu, der das offizielle Abzeichen eines Parkwächters trug.

»Ich bezahle auch!« versprach ich und schloß schnell die Autotür ab.

Der junge Parkwächter sah mich mit weitaufgerissenen lachenden Augen an. Aber in seinem Benehmen lag keine Drohung.

»Na, du machst Sachen!« sagte er dann laut und schüttelte den Kopf.

Aber ich hastete bereits den Boulevard Schewtschenko entlang, da ich fürchtete, meine Klientin aus den Augen zu verlieren.

Aber ich hatte Glück. Sie stand im Eingangstorbogen zum Botanischen Garten und wartete ganz offensichtlich auf jemanden. Ich blieb beim Eiskiosk stehen, kaufte mir eine Eiswaffel und beobachtete quer über den Boulevard die mir anvertraute Dame.

Etwa drei Minuten später kam ein großer junger Mann im langen schwarzen Mantel mit Tweedkäppi auf sie zu. Sie küßten sich und gingen langsam zu den Eisentoren des Botanischen Gartens. Ich warf das nicht fertig gegessene Eis in einen Abfalleimer und eilte zum Fußgängerübergang. Direkt am Tor holte ich sie ein. Die Eintrittstickets kaufte der junge Mann. Er sprach russisch mit einem starken ausländischen Akzent. Als ich sie, nachdem ich mir ebenfalls eine Eintrittskarte gekauft hatte, auf der Hauptallee langsam einholte, hörte ich, daß sie sich auf deutsch unterhielten. Da ließ ich, im übertragenen Sinne, die Hände sinken. Was Fremdsprachen anbetraf, konnte ich lediglich polnische Schriftsprache – ich hatte mal mit polnischen Krimis geübt –, und so konnte ich, selbst wenn es mir gelungen wäre zu lauschen, nicht verstehen, worüber sie redeten.

Die Schauspielerin schlenderte mit dem Deutschen bis zum Hinterausgang des Botanischen Gartens. Von weitem sahen sie wie ein Liebespaar aus, das füreinander ein rein physiologisches Interesse hegte. Aber weder in ihren Gesten noch in ihrer Mimik ließ sich Wärme oder Gefühl ausmachen. Es war lediglich klar, daß sie sich gut kannten und dieses Treffen nur zur Fortsetzung der Bekanntschaft diente. Schon nach einer halben Stunde schaute der junge Mann auf die Uhr, küßte die Schauspielerin auf die Wange und ging weg. Die Schauspielerin setzte sich auf eine Bank, nahm ein Notizheft aus der Tasche und schrieb etwas hinein.

Ich setzte mich ebenfalls auf eine Bank, etwas weiter weg. Neben mir saß eine junge Mutter. Vor ihr schlief friedlich ein warm eingemummtes Kleinkind. Man hätte mich für den Vater halten können.

Zwei mit Pistolen bewaffnete Gärtner des Botanischen Gartens gingen vorbei, und plötzlich fiel mir auf, daß hier, auf den Alleen, keine Blätter lagen. Aber dafür standen alle Bäume an ihrem Platz. Es war auch schwer vorstellbar, daß jemand so stark fror, daß er versuchte, in einem gut bewachten botanischen Garten zu Brennholz zu kommen.

Unterdessen beobachtete ich jedoch weiter die Armenierin und bemerkte, wie sie plötzlich zusammenzuckte, wieder in ihrer Tasche kramte und einen Pager herauszog. Sie las die Mitteilung und eilte sofort Richtung Ausgang.

Ich hielt einen gebührenden Abstand ein und folgte ihr. Es war jetzt fast elf Uhr. Sie hätte doch schon zur Probe ins Theater gemußt, aber sie ging in eine völlig andere Richtung. Als sie auf die Tolstoj-Straße kam, bog sie nach links ab. Dann blieb sie stehen und sah sich nach allen Seiten um.

Eine Minute später bremste neben ihr auf der Straße, genau unter dem absoluten Halteverbotsschild, ein schwarzer Audi mit getönten Fensterscheiben. Die Schauspielerin stieg ein.

Ich schrieb die Autonummer – KA 9998A – auf, und sofort überfiel mich eine unangenehme Ahnung. Ich versteckte mich hinter einer Säule des Torbogens am Eingang zur Allee, sah nach dem Auto, aber es fuhr nicht weg. Ein Verkehrspolizist ging mit wütender Miene zu dem Audi, beugte sich zum Fenster auf der Fahrerseite hinunter – und sofort änderte sich sein Gesichtsausdruck. Mit einem Mal sah er geradezu schuldbewußt aus. Er nickte und ging auf die andere Straßenseite, während er seinen gestreiften Verkehrsregelungsstab in der Hand hin und her drehte.

Es vergingen noch ein paar Minuten, dann fuhr das Auto an. Ich warf mich in ein nicht weit weg stehendes Taxi. Fast wäre ich auf den Vordersitz gesprungen.

»Schnell, diesem Audi hinterher!« kommandierte ich.

Der Fahrer sah sich träge um. Langsam schaltete er das Taxameter ein und startete.

»Reg dich nicht auf, weiter als bis zur Ampel kommt er sowieso nicht!« sagte er.

Und tatsächlich, vor der Gorkij-Straße fuhren wir fast auf seinen Kofferraum auf.

Das Auto fuhr die Schauspielerin zum Theater. Die Uhr zeigte Viertel vor zwölf.

Nachdem ich die Theaterplakate und -fotografien studiert hatte, bemerkte ich sofort, in welchen beiden Stücken die Schauspielerin mitwirkte. Wenn man den Plakaten glauben konnte, dann würde ich heute abend ihr Spiel in *Der kleine Bess* in der Inszenierung von Jurij Odinokij bewundern können. Na gut, dachte ich, es ist nie zu spät, sich mit dem Theater vertraut zu machen. Um so mehr, da ich in den Zeitungen schon viel Gutes über dieses Stück gelesen hatte.

Am Parkplatz, wo ich meinen Moskwitsch abgestellt hatte, verlangte der Parkwächter den dreifachen Preis. »Für den ›moralischen Schaden‹«, erklärte er und zeigte auf die verglaste Veranda des Cafés. »Verstehst du, die Kunden trinken einen Kaffee für fünf Dollar, und dabei müssen sie auf deinen Schrotthaufen sehen!«

Ich zahlte schweigend und fuhr im Rückwärtsgang aus meiner Parklücke, wobei ich bemüht war, den neben mir parkenden ausländischen Autos nur ja keinen Kratzer zuzufügen.

3

Bevor ich in meine Straße einbiegen konnte, tauchte ein Verkehrspolizist vor mir auf und wies streng mit seinem Stab auf den Fahrbahnrand. Brav hielt ich an.

Nachdem er meinen Führerschein und meinen Kraftfahrzeugbrief studiert hatte, überlegte der junge Leutnant, dann starrte er auf die Vorderreifen. Offensichtlich kämpfte er mit sich selbst, denn einerseits verstand er, daß er mir nicht viel abnehmen konnte, andererseits dachte er daran, daß er selbst zu wenig verdiente.

»Funktionieren die Bremsen?« fragte er streng.

»Ja.«

»Und wenn ich es nachprüfe?«

»Bitte schön!« Ich zuckte mit aufrichtiger Gleichgültigkeit mit den Schultern. »Sie würden besser mal öfter die Fahrer der ausländischen Autos überprüfen.«

»Wieso?« wunderte sich der Verkehrspolizist.

»Na vor zehn Minuten hat mich einer derart rechts überholt, daß ich fast auf die Gegenfahrbahn gekommen wäre. Ich habe sogar seine Nummer aufgeschrieben ...«

Als er von der Nummer hörte, spitzte der junge Polizist die Ohren, aber sowie ich sie ihm gezeigt hatte, ließ er den Kopf hängen.

»Die dürfen alles«, sagte er.

»Wer, *die*?«

»Na, überleg mal selbst! Wenn du nicht völlig blöd bist, dann kommst du schon drauf!«

Da ich vor dem Verkehrspolizisten nicht als Dummkopf dastehen wollte, stellte ich keine weiteren Fragen.

Der Polizist sah plötzlich einen schwarzen Bus der Linie Neun, und sein gestreifter Stab fuhr in die Höhe.

»Und was soll ich jetzt machen?« fragte ich.

»Ach, fahr, wohin du willst«, sagte er, ohne sich umzudrehen.

So fuhr ich nach Hause und aß zu Mittag. Ich löste in einer Tasse drei Würfel Hühnerbouillon auf, brockte darin etwas nicht mehr ganz frisches Borodinsker Brot ein und machte mich daran, mein Mittagessen mit derartiger Geschwindigkeit in mich hineinzulöffeln, als müßte ich sofort wieder weg. Schon nach ein paar Minuten entspannte ich mich. Ich führte den Löffel langsamer zum Mund. Dann schaltete ich das Radio ein. Sofort erfüllte ein schmissiger Schlager die Küche. Im Rhythmus des Liedes aß ich meine Bouillon zu Ende.

Ich sah fern. An diesem Tag waren alle Neuigkeiten gut: die Präsidentschaftswahlen standen vor der Tür, neue Schulen auf dem Land wurden eröffnet, ebenso näherte sich die Gasifizierung der entlegenen Landesteile ihrer Vollendung, und ein Kohleschacht im Donbaß hatte eine Menge Kohle gefördert, wie man sie seit der Zeit Stachanows nicht mehr gesehen hatte. Mit anderen Worten: Alles war bestens, und es würde nur noch besser werden. Da klingelte das Telefon.

»Und, was ist?« fragte Sergej.

»Tja, das ist sehr interessant«, erwiderte ich und zögerte sofort, ob ich ihm alles sagen sollte.

»Was ist interessant?«

»Wir könnten uns morgen treffen, dann erzähle ich dir alles.«

»Hast du denn etwas herausbekommen?«

»Na klar. Mehr, als du denkst!«

4

Abends saß ich bereits mit einem Blumenstrauß in der zweiten Reihe im Parkett und sah mir, nicht ohne Vergnügen, die Aufführung an. Die Armenierin erwies sich als gute Schauspielerin.

Ich hatte keinen genauen Plan, sondern hoffte mehr auf meine Intuition und die Vorsehung, die mich schon richtig leiten würden, genauer gesagt: Ich hoffte auf einen Zufall. Nach der Aufführung drückte ich der alten Frau am Personaleingang einen Zweier in die Hand, und schon wußte ich, in welcher Garderobe ich die Schauspielerin finden würde. Ich klopfte an, öffnete die Tür einen Spalt, und als ich keinerlei Antwort hörte, trat ich ein, den Blumenstrauß in der ausgestreckten Hand.

»Zu wem wollen Sie?« wandte sie sich an mich, vom Toilettentisch her. »Zu mir?«

Ich offenbarte mich, wie man so sagt, erging mich in Komplimenten. Es war offensichtlich, daß die Blumen und die Aufmerksamkeit ihr gefielen.

»Wer sind Sie?« fragte sie mit zarter Stimme.

»Ich?« Ihre Frage brachte mich leicht aus dem Konzept, aber der erstbeste Gedanke, der mir in den Sinn kam, war gar nicht so schlecht. »Ich arbeite bei der Stadtverwaltung, bearbeite die städtischen Immobilien …«

Die Schauspielerin lächelte.

»Drehen Sie sich bitte um, ich möchte mich nur schnell umziehen«, sagte sie.

»Vielleicht sollte ich besser hinausgehen?«

»Nein, nein, bleiben Sie ruhig da, aber drehen Sie sich um.«

Ich hatte damit gerechnet, fünf Minuten mit dem Gesicht zur Tür zu stehen, aber es verging keine Minute, bis die Schauspielerin sich wieder an mich wandte.

›Sie hat sich wirklich schnell umgezogen‹, dachte ich, wobei mir Sergejs Worte wieder einfielen.

»Vielleicht wollen Sie mich auf einen Kaffee einladen?« fragte die Schauspielerin zart lächelnd.

»Ja natürlich«, nickte ich. »Ich befürchtete nur, Sie würden ablehnen...«

»Wieso denn? Mit so einem sympathischen Mann, noch dazu einem Theaterfreund... Mit Vergnügen. Wenn Sie wollen, nenne ich Ihnen ein gutes Café.«

Mit anderen Worten, die Armenierin nahm die Zügel in die Hand, und schon blieb keinerlei Hoffnung auf Zufälle und Vorsehung. Trotz allem gefiel mir das. Wenn sie bei diesem Tanz führte, konnte ich um so besser ihre Schritte studieren.

Sie führte mich in ein angenehmes Tiefparterre-Café in der Zankowjetskaja-Straße.

Ich nahm für uns beide je einen Kaffee und einen Kognak. Das Gespräch war belanglos, aber die Pausen darin waren lang und nötigten mich, mehr über mich selbst zu reden und nach Themen zur Fortsetzung des Gespräches zu suchen.

Plötzlich piepste in ihrer Handtasche ein Pager. Sie nahm ihn heraus, las die Nachricht auf dem Bildschirm. Ihr Gesicht wurde für einen Moment erstaunlich konzentriert, wie bei einem General vor der Schlacht. Dann seufzte sie leicht und sehr weiblich, steckte den Pager zurück in die Tasche und lächelte fast verschämt.

»Ist etwas passiert?« fragte ich.

»Nein, nein. Nichts Schlimmes. Ich wollte zu meiner Mutter fahren, aber sie ist erkältet und fürchtet, mich anzustecken. So habe ich jetzt den ganzen Abend frei ...«

Wieder drehte sich das Gespräch um irgendwelche Nichtigkeiten, aber ein paarmal wendete sie es in Richtung der städtischen Immobilien. Ein paar allgemeine Phrasen und Informationen aus der Stadtzeitung reichten aus, um vor ihren Augen das Bild eines städtischen Angestellten mittleren Ranges entstehen zu lassen, der wahrscheinlich von ebensolchen mittleren Bestechungsgeldern lebte, die er bei der Vermietung der historischen Gebäude der Stadt einnahm.

»Ich habe zu Hause eine kleine Flasche ausgezeichneten französischen Champagner«, sagte sie plötzlich. »Sie können natürlich nein sagen, schließlich müssen Sie morgen arbeiten. Aber ich fühle mich heute irgendwie besonders einsam.«

»Aber wieso denn, ich habe nichts dagegen.«

Wir nahmen ein Taxi und fuhren zu ihr. Unten in der Eingangshalle saß an einem kleinen Tisch ein Wachmann in Uniform. Er begleitete uns mit durchdringendem Blick zum Lift.

»Legen Sie ab«, sagte die Schauspielerin leichthin, als ich den Flur ihrer Wohnung betrat.

Ich zog meine Schuhe und die Lederjacke aus. Sofort erschienen unter meinen Füßen wildlederne Hausschlappen. Sie selbst zog auch schnell den Regenmantel aus, ging vor, und als ich noch verlegen von einem Bein auf das andere trat, kam sie schon in schwarzen Jeans zurück und mit einer leichten, weiten Seidenbluse, die ihre fast aggressiv vorstehende Brust betonte.

»Komm herein«, sagte sie mit einem Lächeln und tat nun ein bißchen verschämt. »Ach, entschuldigen Sie, ich bin zufällig zum Du übergegangen! Aber vielleicht ...«

»Ja, ja, natürlich können wir uns duzen ...«, nickte ich.

»Na, dann komm herein, und fühl dich wohl!«

sagte sie und öffnete die Doppeltür zu ihrem Wohnzimmer.

Ich setzte mich in einen tiefen, smaragdfarbenen Sessel und sah mich um. An der Wand hingen ein paar Fotos von der Schauspielerin, eine alte Uhr mit Gewichten und ein Bleistiftporträt von ihr, das im Stil der Andrejewsker Kunst gemalt war.

»Ein französischer Diplomat hat mir den Champagner geschenkt«, sagte sie in singendem Tonfall, wobei sie mit dem Rücken zu mir vor der geöffneten Hausbar stand. »Da ist er.«

Flaschen klirrten, dann drehte sie sich zu mir um. »Erzähl mir noch etwas von dir«, bat die Schauspielerin. »Ich möchte dich besser kennenlernen.«

Wir tranken langsam den Champagner. Und ich erzählte etwas über meine Kindheit. Sie saß mir im Sessel gegenüber und sah mir wißbegierig in die Augen, als wenn sie um etwas gebeten hätte. Von den Fragen über die Immobilien konnte ich gut ablenken – ich stellte mich völlig ermüdet, was dieses Thema betraf, und die Schauspielerin stimmte mir schließlich selbst zu, daß es nichts Dümmeres gebe, als mit einer schönen Frau über städtische Verwaltungsangelegenheiten zu reden.

So vergingen zwei Stunden wie im Flug. Ihr Pager piepste noch ein paarmal und überbrachte ihr neue Meldungen. Die Sache zog sich hin, ihre Brust unter der Bluse hob und senkte sich und erschien dadurch noch aggressiver. Ich war ungewöhnlich entspannt und wunderte mich schon nicht mehr, als auf dem Kaffeetisch neben den zwei Sektgläsern und der schon geleerten Flasche – tatsächlich echten! – französischen Champagners eine Malachitdose erschien.

Mit leichter Bewegung nahm sie den Deckel ab, und ich erblickte in der Dose Präservative, in allen möglichen Farben, die darin durcheinanderlagen wie Bonbons. Sie ließ einen schnellen, wie zufälligen Blick in die Dose fallen, dann sah sie zu mir und fragte, als wäre es nichts Besonderes: »Und was ist deine Lieblingsfarbe?«

»Schwarz«, antwortete ich ganz ernst.

Mit ihren schlanken Fingern angelte sie ein schwarzes Präservativ aus der Dose und gab es mir.

»Ich komme sofort wieder«, sagte sie süßlich, als habe sie ein Bonbon im Mund.

Ich blieb allein im Wohnzimmer. Man konnte hören, wie im Bad Wasser lief. Dann verlor der Leuchter über meinem Kopf sein grelles Strahlen, das Licht wurde gedämpft, als hätte man es auf ein Minimum heruntergedreht wie bei einem Radio die Lautstärke. Die Schauspielerin kam wieder ins Zimmer, in ein großes dunkelgrünes Badetuch gehüllt.

»Ich fühle mich heute so einsam«, sagte sie, als sie auf mich zukam.

Und ich wehrte mich nicht. Wir stürzten in eine Umarmung, aber ihre Arme kamen mir stärker vor als meine eigenen. Dann fielen wir auf das Sofa, und das, was dann zwei Stunden lang geschah, kann man als puren Sex bezeichnen. Bis zur Raserei preßten wir uns aneinander, fielen übereinander her. Es hatte etwas von der Schwerstarbeit eines Grubenarbeiters, und ich dachte flüchtig an die Meldungen der Tageszeitungen am Morgen. Dann piepste plötzlich ein weiteres Mal der Pager, und die Schauspielerin sprang leichtfüßig und sportlich munter vom Sofa auf und sah in ihre Handtasche. Sie las die Nachricht und legte sich wieder neben mich. Aber, wie sich herausstellte, nur für eine Minute.

»Nimm das ›Regenmäntelchen‹ ab«, bat sie, wobei sie in Richtung des mir aufgezwungenen ›kleinen Negerlein‹ sah.

Ich nahm es ab, stand vom Sofa auf und wollte gerade ins Bad gehen, als sie sich auf den Ellenbogen aufstützte und sagte: »Leg es auf den Boden, ich werfe es später weg. Leg dich noch ein bißchen zu mir.«

Dieses ›ein bißchen‹ dauerte genau zwei Minuten. Dann stand sie abrupt auf, zog sich genauso abrupt an und sah mich fragend an. Ich zog mich ebenfalls an, wollte gerade das ›Regenmäntelchen‹ vom Boden aufheben, um es ins Klo zu werfen, da nahm mich die Schauspielerin zärtlich bei der Hand und führte mich in die Küche. Dort saßen wir noch etwa eine Viertelstunde und tranken Tee. Dann sah sie auf die Uhr und sagte, daß sie müde sei.

Erst als ich wieder auf der Straße stand, kam mir richtig zu Bewußtsein, daß man auch mir Sperma gestohlen hatte. Das war ein völlig idiotisches Gefühl, als würde sich jemand auf ganz blödsinnige Weise über einen lustig machen.

Ich fuhr nach Hause und rief Sergej an, aber er war nicht daheim.

Vom Champagner war in meinem Kopf plötzlich keine Spur mehr zu bemerken. Die Gedanken arbeiteten ganz von allein logisch, und ich schlug die Gelben Seiten von Kiew auf. Ich überflog die Liste der medizinischen Einrichtungen, aber es gab da keine einzige ›Samenbank‹. Dafür fand ich aber zwei Privatkliniken, wo man Unfruchtbarkeit behandelte. Das war schon nah am Thema, und so rief ich bei der ersten Nummer an.

»Ich brauche schnellstens eine Konsultation«, sagte ich zu der Dame, die den Hörer abnahm.

»Geht es um Sie persönlich?« fragte sie.

»Ja, ja, um mich selbst.«

»Gut, dann trage ich Sie für morgen um neun Uhr dreißig ein.«

Ich ließ mich eintragen und legte mich hin, aber richtig schlafen konnte ich in dieser Nacht nicht. Mal stand ich auf und ging in der dunklen Wohnung auf und ab, mal setzte ich mich an den kleinen Küchentisch und blieb dort, das Gesicht in die Handflächen gestützt, hocken.

Als ich in besagter Klinik erschien, hätte man meinen können, ich sei ernstlich krank. Meine Augen waren rot gerändert, Tränensäcke hingen darunter, wie bei einem Nierenkranken. Und mein Gesicht zeichnete sich durch erstaunliche Bässe aus.

Als ich ins Sprechzimmer kam, betrachtete mich die Ärztin sofort voller Mitgefühl.

»Nun erzählen Sie einmal, seit wann haben Sie dieses Problem?« wandte sie sich an mich, die Pose einer aufmerksamen Zuhörerin einnehmend.

Langsam und verworren erklärte ich ihr, was mich in die Klinik gebracht hatte, und zu meiner Verwunderung war sie überhaupt nicht erstaunt.

»Nein, eine offizielle Samenbank gibt es bei uns nicht«, sagte sie mit Fachkenntnis. »Ein paar Labors führen allerdings Experimente mit lebendem Sperma durch, aber die Spender geben es hier, vor Ort ab, also im Beisein der Ärzte. Und anfangs macht man natürlich eine Spermienanalyse, ob das Sperma überhaupt fruchtbar und völlig gesund ist. Und wissen Sie, das kommt ziemlich selten vor …«

»Was kommt ziemlich selten vor?« fragte ich verständnislos.

»Man trifft selten auf ganz gesundes Sperma. Die Männer führen doch gewöhnlich ein sehr ungesundes Leben.«

Mit dieser Feststellung konnte ich mich nur zu leicht einverstanden erklären.

In der halben Stunde unseres gemeinsamen Gespräches erfuhr ich tatsächlich allerlei Interessantes und Nützliches, aber das Interessanteste erzählte die Ärztin erst ganz am Schluß des Gespräches.

»In Amerika gab es Fälle, wo Frauen Sperma bei ihren Millionärsliebhabern gestohlen haben, sie dann erpreßten oder sich damit künstlich befruchteten, Kinder gebaren und den Erzeuger mit einer Vaterschaftsklage vor Gericht brachten. Natürlich konnte die Vaterschaft in diesen Fällen mit Hilfe der DNS-Analyse leicht festgestellt werden. Aber hier kann es so etwas nicht geben. Unsere Medizin ist noch nicht so weit entwickelt.«

Der letzte Satz der Ärztin beruhigte mich gar nicht.

Als ich die Klinik verlassen hatte, fuhr ich zu Sergej. Gott sei Dank war er zu Hause, aber er sah auch nicht besser aus als ich.

»Was ist denn mit dir?« fragte ich erstaunt, als ich sein bleiches Gesicht sah.

»Na, ich habe gestern noch einmal mit dieser Schauspielerin geschlafen. Danach haben mir richtig die Hände gezittert.«

»Gestern?« fragte ich erstaunt. »Aber wann, um wieviel Uhr, hast du sie denn gesehen?«

»Na, das war ...« Sergej überlegte. »Ich kam so gegen Mitternacht zu ihr und blieb bis gegen sechs.«

»Ja, sag mal, spinnst du denn?!« rief ich. »Du bittest mich, herauszukriegen, warum sie dein Sperma geklaut hat, und dann gehst du selbst wieder zu ihr hin!«

»Aber du hattest es ja noch nicht herausgefunden. Wenn du's weißt, werde ich mich entscheiden, ob ich weiterhin was mit ihr habe oder nicht!«

Was hätte ich darauf schon sagen können?

»Also, hast du etwas zu erzählen?« fragte Sergej.

Ich schüttelte verneinend den Kopf.

»Wozu zum Teufel bist du dann so früh gekommen?«

»Na gut, geh dich ausschlafen!«

Ich trat auf die Straße hinaus, stand einen Moment unter seinem Haus, besah mir den grauen Herbsthimmel und ging zu meinem Moskwitsch. Die unter meinen Füßen knisternden Laubblätter gingen mir auf die Nerven.

›Na, soll er doch zum Teufel gehen‹, dachte ich auf der Fahrt nach Hause. ›Soll er doch selbst sehen, wie er mit dieser Schauspielerin zu Rande kommt. Sonst gerate ich vielleicht noch in irgendeine Geschichte hinein, und ein neuer schwarzer Audi mit getönten Scheiben fährt mich in zwei Hälften.‹

Zwei Monate vergingen. Das Laub war schon schneeüberzuckert, und ich begann schon langsam nicht mehr an meinen unglücklichen Versuch in der Rolle des Detektivs zu denken. Doch eines Tages, genau um Mitternacht, weckte mich ein Telefonklingeln.

»Hör zu, mein Alter«, sagte eine rauhe Männerstimme. »Bist du auf dem laufenden, daß eine afrikanische Studentin von dir schwanger ist? Tja, das kommt von der Vorliebe für Schwarz! Hörst du mir zu?«

»Ja«, sagte ich, während mein schläfriger Verstand das Gehörte langsam verdaute.

»Also, wenn du auch nur einen Ton über eine gewisse Schauspielerin zu irgend jemandem sagst, du weißt, wovon ich spreche, dann wirst du nicht nur dein Mulattenkind hüten, sondern auch in die Heimat seiner Mutter verreisen!«

Nach diesem kurzen Gespräch folgte eine weitere schlaflose Nacht. Aber dann war wieder alles still. Und sowohl die Stadt als auch ich lebten ein gleichförmiges Winterleben.

Es vergingen noch ein paar Monate, und plötzlich hatten alle Zeitungen ihre Sensation: Man hatte eine große Persönlichkeit verhaftet, ein Mann, der schon vor längerem Unternehmer und dadurch legal zum Millionär geworden war. Dann kam das Gerichtsverfahren, der Angeklagte wurde zu zehn Jahren Zuchthaus verurteilt – bei Konfiszierung all seiner Millionen zu Nutzen des Staates. Der einzige Zeuge in dem Verfahren war mein Bekannter, Sergej. Man fuhr ihn zum Gericht und vom Gericht wieder weg in einem gepanzerten Fahrzeug mit einer Menge Sicherheitsbeamter mit MG. Ich verfolgte mit lebhaftem Interesse alle Ausgaben der Nachrichten und überlegte, ob die frühere Sache wohl einen Zusammenhang mit dem jetzigen Prozeß hatte.

Die Antwort darauf erhielt ich unerwarteter Weise. Nach ein paar Tagen, als sich die Aufmerksamkeit der Journalisten von diesem Prozeß wieder den weiteren Tagesneuigkeiten zugewandt hatte, rief Sergej an.

»Weißt du, ich war ein kompletter Idiot«, sagte er.

»Das habe ich schon früher gewußt. Also, was war mit dem gestohlenen Sperma?«

Nach einer minutenlangen Pause am anderen Ende der Leitung erklang ein schwerer Seufzer.

»Man hat mir gesagt, daß sie mir jede beliebige Vergewaltigung anhängen könnten, und sogar Vergewaltigung mit Mord, und niemand würde meine Unschuld beweisen können«, sagte Sergej mit ersterbender Stimme. »Aber jetzt habe ich alles hinter mir. Ich verreise.«

»Wohin?« fragte ich.

»Ins Ausland. Weit weg.«

Er verabschiedete sich schnell und legte auf.

Nach ein paar Minuten klingelte mein Telefon erneut.

»Hör mal, mein Alter, deine schwarze Freundin ist schon im fünften Monat! Vergiß das nicht! Ich halte dich weiterhin auf dem laufenden und verspreche, dir sogar ein Foto von dem Kleinen zu schicken.«

Seitdem sind schon eineinhalb Jahre vergangen, aber ein Foto von dem Kleinen habe ich nicht bekommen. Was natürlich nicht heißt, daß es ihn nicht gibt. Und wenn ich jetzt über die Straße gehe, sehe ich mir nicht nur die auf mich zufahrenden

Autos genau an, sondern auch die, die am Fahrbahnrand stehen. Trotzdem hat sich meine Liebe zu Schwarz erhalten, nur gegenüber den schwarzen Audis hege ich eine tiefe Antipathie.

Weihnachtsüberraschung

Draußen rieselte der Schnee. Vom Himmel torkelten die Flocken, weich und träge wie ein von der ukrainischen Gastfreundschaft überwältigter irischer Tourist. Marina und ich schritten durch diesen morgendlichen Schnee, der so rein und feierlich war. Die Kälte konnte uns nichts anhaben, der Frost machte uns nur munterer und rötete unsere Gesichter. Ein Fuchspelz schützte Marina zuverlässig vor der Kälte, bloß die rote Skimütze mit der Aufschrift NESCAFÉ sah etwas merkwürdig aus. Auch ich fror nicht, denn ich trug einen Lammfellmantel, dicke Jeans und eine Wolfspelzmütze mit Ohrenklappen.

Seit Marinas und meiner Hochzeit war nun gerade ein Monat vergangen. Wir hatten beide an der Universität studiert. Der Kurs, in dem wir uns kennenlernten, hieß knapp und klar auf englisch *Business administration*. Langsam ging im Land eine Umschichtung der Gesellschaft vor sich, und wir fühlten uns schon fast als die Crème de la crème, die Schicht, die mit wachem Geist den unterentwickelten postsowjetischen Staat in eine gesunde kapitalistische Gesellschaft verwandeln würde.

Den ganzen letzten Monat, der der erste unseres Zusammenlebens war und sich als der erste Wintermonat herausstellte, hatten Marina und ich uns an unserer Liebe bis zu einem erstaunlichen Stadium süßer Ermattung gewärmt. Es schien uns, als hätten wir nicht nur keine Kräfte mehr, uns aneinander zu erfreuen, sondern auch keinerlei – nein, nicht etwa keinerlei Wunsch. Es war eher so, daß wir nicht sicher waren, ob die Freuden der körperlichen Nähe uns wieder dieses Gefühl des Fliegens vermitteln würden, an das wir uns schon gewöhnt hatten und das wir bereits als selbstverständlich hinnahmen. Darin lag tatsächlich eine Gefahr: nicht etwa die Süße selbst, sondern das Gefühl der Wertschätzung für diese Süße zu verlieren.

Der Schnee fiel weiter in dicken Flocken. Wir schlenderten durch das Zentrum von Kiew, und als wir zu frieren anfingen – wie auch nicht bei minus fünfzehn Grad Celsius –, gingen wir in ein Café, um uns kurz aufzuwärmen. Als wir wieder herauskamen, bummelten wir an den Schaufenstern entlang, betrachteten die Weihnachtsdekoration ringsumher.

Wir entdeckten auch den ›größten Weihnachtsbaum des Landes‹. Er stand diesmal unterirdisch, in dem dreigeschossigen Einkaufszentrum am Unabhängigkeitsplatz. Da war er, der Arme, eingezwängt in dem über drei Geschosse gehenden Raum zwischen den Rolltreppen und den zwei Aufzügen. Hier würde er, notgedrungen, die vorhergesagten Schneestürme und Eiswinde überstehen, wegen der man offensichtlich beschlossen hatte, ihn hier unten aufzustellen.

»Na, was ist? Was hast du heute abend mit uns vor?« fragte Marina, als wir ein weiteres Mal hinunterfuhren, an den Fuß des Riesenweihnachtsbaumes und uns an ein McDonald's-Tischchen setzten, direkt unter seine niedrigsten Zweige.

Ich zuckte die Achseln.

»Ja, was ist, hast du denn wirklich keinen Funken Phantasie? Heute ist doch Heiligabend!«

Ich strengte mich aus Leibeskräften an, mir etwas einfallen zu lassen.

»Ich weiß was«, sagte Marina mit fester Stimme, streifte die Skimütze ab und durchkämmte mit einer Hand ihre Igelfrisur.

»Was weißt du?«

»Diese Weihnachten zeugen wir ein Kind! Wir machen uns und der Welt ein Weihnachtsgeschenk!«

»Ach, jaaa?« meinte ich verwundert. Marinas Vorschlag verblüffte mich wirklich.

»Wieso? Bist du etwa dagegen?« fragte sie, und in ihren grünen Augen glimmten Fünkchen der Skepsis mir gegenüber auf, die ich sofort zum Verlöschen bringen wollte.

»Aber nicht doch!« beeilte ich mich zuzustimmen. »Ich dachte nur … Wenn man dem Sex einen solchen Sinn gibt, wird es irgendwie zu tiefsinnig.«

»Weihnachten – da geht's nicht um Sex, da geht's um Liebe … Und der Sex, von dem du redest, von dem habe ich eh schon genug …«

›Ich ja auch‹, dachte ich, sagte es aber nicht laut. Laut seufzte ich nur gedankenverloren. Und starrte in den ›größten unterirdischen Weihnachtsbaum des Landes‹. Von dem Zweig, der mir am nächsten war, hing eine glänzende Kugel herab – mit der Aufschrift 2002. Das rief in mir ein sarkastisches Lächeln hervor.

»Schau mal!« Ich zeigte Marina die Kugel. »Die ist vom letzten Jahr!«

»Macht nichts, dafür glänzt sie noch wie neu! – Stell dir vor, nächste Weihnachten haben wir schon ein Baby!«

Ich stellte mir das vor, und ich muß sagen, das Bild in meiner Phantasie wurde durchaus schön, wenn es auch ein bißchen einer Ikone mit Jesuskind ähnelte.

»Aber weißt du, was«, sagte ich und sah Marina

direkt in ihre blinzelnden grünen Augen. »Es wäre doch noch toller, wenn du das Kind direkt an Weihnachten zur Welt bringen würdest!«

Sie schüttelte lächelnd den Kopf.

»Also? Gehen wir nun nach Hause?« fragte ich, wobei ich mir einen der üblichen Winterabende in gemütlicher häuslicher Atmosphäre vorstellte, so mit Champagnergläsern vor dem Breitwandfernsehbildschirm …

»Nein«, sagte Marina und lächelte verschlagen.

»Nein? Willst du noch spazierengehen?«

Sie sah auf ihre Uhr.

»Laß uns noch eine halbe Stunde hier sitzen … Bring mir doch eine heiße Schokolade!«

Als wir schließlich nach oben kamen, schneite es schon wieder. Der Schnee fiel langsam in dicken, weißen Flocken. Er knirschte unter den Sohlen. Es war bereits dunkel, und das Stadtleben floß in der von bunten Leuchtreklamen und Straßenbeleuchtung durchbrochenen Dämmerung träge und unentschlossen dahin. Genauso träge und unentschlossen fuhren die Autos über den verschneiten Chreschtschatik-Platz.

»Ich habe heute eine Überraschung für dich!« sagte Marina plötzlich freudig, blieb stehen und wandte sich mir zu.

»Noch eine?«

»Hm, ja«, nickte Marina und sah auf die Uhr. Dann stellte sie sich auf die Zehenspitzen und küßte mich auf den Mund. »In zehn Minuten holt uns Dima zu einer Weihnachtsreise ab.«

Fast hätte ich ›Hochzeitsreise‹ anstatt ›Weihnachtsreise‹ verstanden, doch die Erwähnung von Dima ließ mich vorsichtig werden.

Dima war Marinas ältester Bruder. Ein Mann mit Biographie, wie man bei uns sagt. Er hatte als Soldat in Afghanistan gekämpft, danach hatte er mit einer Gruppe seiner Exkameraden Waggons mit geschmuggelten Zigaretten bewacht, die vom Odessaer Hafen nach Kiew gingen. Allerdings beschäftigte er sich nun schon seit zwei Jahren mit völlig legalen Geschäften – nämlich der Organisation von Extremtourismus. Kunden hatte er genug. Der größte Teil seiner Kundschaft reiste sogar aus dem Ausland an. Die alten Kontakte waren ihm in der neuen Branche natürlich sehr von Vorteil. Er konnte so ziemlich alles organisieren. Vom dreitägigen Gefängnisaufenthalt mit zehn Wiederholungstätern in einer Zelle für einen jungen amerikanischen Journalisten bis zur Missionierungsreise katholischer Priester von den Philippinen durch die Bergarbeitersiedlungen der Ukraine.

Genau deshalb wurde ich bei der Erwähnung Dimas leicht nervös, denn ich stellte mir gerade vor, welche Art Weihnachtsreise einer wie er uns wohl zusammenstellen würde.

»Keine Panik!« sagte Marina, die meinen Gesichtsausdruck bemerkte. »Alles wird wunderbar!«

Na ja, seine eigene Schwester würde er ja wohl nicht in irgendein Abenteuer hineinziehen, dachte ich und beruhigte mich langsam.

Eine halbe Stunde später befanden wir uns schon außerhalb der Stadtgrenze. Ein russischer Jeep, ein Niwa-Taiga, fuhr die Fahrspur der unter dem Schnee kaum sichtbaren Shitomirski-Ausfallstraße entlang. Er bewegte sich langsam vorwärts.

»Wohin fahren wir?« fragte ich Dima.

»Jemanden besuchen«, sagte er, ohne sich von der verschneiten Straße abzuwenden. »Es gibt da so einen folkloristisch interessanten Ort, den kaum jemand kennt.«

»In der Nähe von Kiew?«

»So ungefähr.« Er nickte und schaltete Musik ein.

Mit Musik fuhr es sich schon fröhlicher. Ich beugte mich zum Fenster hinüber und betrachtete den märchenhaften Winterwald, der langsam an unserem Wagen vorbeizog.

»Hast du Brot gekauft?« fragte Marina plötzlich ihren Bruder.

»Nur die Ruhe. Ich hab alles eingekauft. Sogar mehr, als wir brauchen!«

Bald bogen wir von der Ausfallstraße auf einen schmalen Waldweg ab. Eine halb schneeverwehte Fahrspur half Dima auch hier den Wagen zu lenken, aber jetzt beugte sich Dima zur Frontscheibe vor und verfolgte aufmerksam die kaum wahrnehmbare Spur, die vom gelben Licht der Nebelscheinwerfer beleuchtet wurde.

»Verfahren wir uns auch nicht?« fragte ich vorsichtig.

»Bloß keine Panik! Wir schlagen uns schon durch!« sagte Dima grinsend.

So hatte er sicher seinen Untergebenen damals in Afghanistan geantwortet, als er am Steuer eines Mannschaftspanzerwagens saß – und vor sich die angreifenden Mujahedin.

Im Auto wurde es warm, die Heizung lief auf vollen Touren. Ich knöpfte meinen Fellmantel auf, nahm die Wolfspelzmütze ab und legte sie neben mich auf den Sitz.

Plötzlich blieb das Auto stehen, und Dima drehte sich zu mir um.

»So, Wasja, jetzt tu mal eine gute Tat!«

Ich warf einen Blick an Dimas schnurrbärtigem Gesicht vorbei und sah im Licht der Scheinwerfer einen heruntergelassenen Schlagbaum und rechts davon eine mit grüner Farbe verschönerte Wachbude.

»Was ist denn jetzt los?«

»Steig aus, öffne den Kofferraum, und nimm aus dem Rucksack eine Flasche Zuborowka-Wodka, geh in die Bude und stell sie dort auf den Boden. Dann hebst du den Schlagbaum hoch, wartest, bis ich durchgefahren bin, und läßt ihn wieder runter! Ist doch nicht schwer, oder?«

»Nein.«

In der Wachbude sah ich auf dem Boden zu meinem Erstaunen schon zwei Flaschen Champagner, drei Wodkaflaschen und einen großen Dreiliterballon mit trübem Selbstgebranntem stehen.

Während ich den Schlagbaum hochzog, sah ich mich um. Selbst mit eingeschalteten Scheinwerfern sah das Auto in diesem dunklen Wald wie ein verschrecktes, hilfloses Tier aus. Und wie um meine Gefühle noch zu verstärken, sprang hinter den dunklen Stämmen der Fichten ein vierbeiniger Schatten hervor. Ein Augenpaar funkelte im Dunkeln. Mir lief eine Gänsehaut über den Rücken. Ich stand unbeweglich da und umklammerte das Seil, das den Schlagbaum oben hielt.

Schließlich fuhr das Auto unter dem Schlagbaum durch, und ich ließ ihn wieder herunter. Ich band das Seil an dem in den Boden eingelassenen Pfosten fest, an dem ein schneebedeckter Wegweiser lehnte.

»Wo sind wir denn da reingefahren?« fragte ich, nachdem ich wieder auf den Rücksitz gekrochen war.

»Naturschutzgebiet«, antwortete Dima knapp. »Dauert auch nicht mehr lange...«

Plötzlich zog er aus der Tasche seiner Lederjacke ein Mobiltelefon und tippte eine Nummer ein.

»In einem guten Stündchen sind wir da!« sagte er zu irgend jemandem.

Es war merkwürdig, aber dieses kurze Telefongespräch, oder um genauer zu sein, nur dieser eine Satz ins Handy gesprochen, beruhigte mich, er brachte mich zurück zu freudigen Weihnachtsgedanken. Ich dachte darüber nach, was für ein Geschenk ich Marina machen würde. Vielleicht auch so ein Handy? Dann könnte ich sie immer anrufen, sie überall finden... Aber dann wäre es ja eher ein Geschenk für mich als für sie...

»Schau mal! Schau nur!« unterbrach Marina meine Gedanken und zeigte nach vorn.

Der Jeep fuhr nun ganz langsam. Ich beugte mich vor: Mitten auf dem Weg stand ein mächtiger Elch. Er schaute uns eindeutig an.

Wir fuhren auf ihn zu und hielten respektvoll vor ihm an, wie gemeine Soldaten vor einem General.

»Vielleicht sollte ich mal hupen?« meinte Dima gedankenverloren und sah auf die Uhr.

»Ach, nein«, bat Marina. »Du kannst ihm höchstens mal mit den Scheinwerfern zublinzeln.«

Dima schaltete abwechselnd mal Fernlicht mal Standlicht ein. Da schüttelte der Elch den Kopf, wandte sich um und verschwand im dunklen Wald.

»Na, siehst du!« seufzte Marina erleichtert auf.

Der Wald war plötzlich zu Ende. Das Auto bog auf ein verschneites Feld ab und schien mit einem Male leichter zu werden. Hier gab es schon keinerlei Fahrspur mehr, und Dima orientierte sich an in den Boden eingelassenen Holzstämmen. Es war auch nicht mehr ganz so dunkel wie im Wald. Über dem Feld hing ein grellgelber Mond, dessen Licht im Schnee Funken sprühte.

»Was für eine Pracht!« rief Marina aus, wandte sich zu mir um und lächelte.

Vor uns tauchte eine kleine Siedlung auf.

Das Auto hielt vor einem niedrigen Holzhaus, in dessen drei Fenstern ein gelbes gemütliches Licht brannte.

»Da sind wir!« rief Dima und stellte den Motor ab.

Die zwei Hausherrinnen, Galina Iwanowna und Olga Iwanowna, begrüßten uns im Flur mit einem

Weihnachtslied. Die beiden waren Schwestern. Die ältere, Galina Iwanowna, war achtzig Jahre alt, die jüngere fünfundsiebzig.

Kaum daß wir das Haus betraten, veränderte sich meine Stimmung. Hier war es gemütlich warm, und sogar im Flur konnte man das Knistern der brennenden Holzscheite im Ofen hören. Das ganze Holzhaus, das aus einer kleinen Küche, einem Wohnraum und zwei Schlafzimmern bestand, war aufgeräumt und geschmückt. Auf die Fensterscheiben waren aus weißem Papier ausgeschnittene Engelchen geklebt. In der einen Ecke des Wohnraumes stand auf einem Regal unter der Decke eine Mutter-Gottes-Ikone, vor ihr eine brennende Kerze. Auf einem Schränkchen unter der Ikone stand ein riesiger Fernsehapparat, der noch aus der Sowjetzeit stammte, über den eine bestickte Tischdecke gebreitet war. In der Mitte des Raumes befand sich ein großer runder Tisch.

»Kommt herein, kommt herein, ihr Weihnachtsgäste!« sagten die alten Schwestern ein ums andere Mal, als wiederholten sie den Refrain eines Liedes.

Nachdem wir unsere Mäntel, Mützen und Schuhe im Flur abgelegt hatten, traten Marina und ich in den Wohnraum. Dima stand noch im Flur. Er hatte einen großen Rucksack aus dem Auto mitgebracht und mühte sich jetzt mit dem Inhalt ab.

Die ältere der beiden Frauen ließ uns auf dem Sofa Platz nehmen, zog die bestickte Tischdecke vom Fernseher und schaltete ihn ein.

»Schaut ihr mal ein bißchen fern, Olga und ich haben noch was in der Küche zu tun!« sagte sie. »Allerdings ist der Apparat schon älter, er zeigt alles nur noch in einer Farbe.«

Der Fernseher brauchte um die drei Minuten, bis er warmgelaufen war. Dann erschien langsam ein Bild. Es war rosafarben und verwackelt. Auf dem Bildschirm sang und tanzte ein rosafarbener, zittriger Michael Jackson.

Dima kam ins Wohnzimmer.

»Na, wie geht's euch hier?« fragte er munter.

»Klasse!« sagte Marina. »Und die beiden alten Frauen sind bezaubernd! Wie hast du die bloß kennengelernt?«

»Geschäftsgeheimnis!« lachte Dima.

»Kennst du dich mit Fernsehapparaten aus?« fragte ich ihn. »Vielleicht könntest du an dem ein bißchen drehen, daß er nicht alles rosa zeigt?«

»Schon probiert«, winkte Dima ab. »Das liegt nicht am Fernseher. Entweder ist es die Antenne, oder hier sind überhaupt so komische Strahlungen in der Luft ... Ich kann's aber auf schwarzweiß umstellen.«

»Nein, laß mal, dann lieber alles in Rosa.«

Die beiden alten Frauen kamen wieder herein, jede hatte ein kompliziert besticktes Tischtuch in der Hand, dessen Muster rote Hähne zeigte. Zuerst legten sie eine schwere Decke auf den Tisch, dann eine leichte obendrauf.

»Wieso zwei Tischdecken?« fragte Marina neugierig.

»Das ist so Tradition«, antwortete die jüngere, Olga Iwanowna, mit der Stimme eines gutmütigen Fremdenführers. »Die untere Decke ist für die Ahnen und die obere für uns.«

Dann bat die Ältere die Jüngere abzuzählen, wie viele wir waren.

»Wir sind zu sechst«, sagte die Jüngere. Daraufhin stellten sie sechs Stühle um den runden Tisch.

Auch ich zählte im Geiste alle Anwesenden – brachte es aber nur auf fünf. Anscheinend wurde noch jemand erwartet. Ich wandte mich wieder dem Fernseher zu. Dort sang und tanzte jetzt eine rosafarbene Britney Spears. Die Augen gewöhnten sich allmählich an die zittrige rosa Farbe. Es entstand ein Gefühl, als würde man eine alte Revue aus längst vergangener Zeit ansehen.

Inzwischen deckten die beiden alten Frauen langsam den Tisch. Ins Zentrum legten sie drei runde Brote, mit einem Loch in der Mitte, übereinander. In das Loch stellten sie eine hohe Kerze. Dann deckten sie Teller und Besteck auf.

»Hast du schon einmal richtig traditionell ukrainische Weihnachten gefeiert?« fragte mich Marina.

Ich schüttelte verneinend den Kopf.

»Dann wird es dir auf jeden Fall gefallen!« sagte sie und lächelte.

Da kam die Ältere herein. Sie trug einen großen Tontopf, der mit einem Deckel zugedeckt war, und stellte ihn auf den Tisch. Und die Jüngere trug zusammen mit Dima zwei Tabletts herein, und sie setzten um die zehn kleine Schüsseln auf den Tisch, in denen unter anderem Fischgerichte, Quarktaschen und Krautwickel waren.

Danach stellten sich die beiden Frauen und Dima mit fragendem Blick vor mich und Marina.

»Und jetzt? Sollen wir uns an den Tisch setzen?« fragte ich.

»Nein, zuerst gehen wir auf den Hof!« verkündete die ältere Schwester in singendem Tonfall. »Wer als erster einen Stern erblickt, der darf die Kerze anzünden« – sie zeigte auf die Tischmitte. »Und dann erst geht's zu Tisch!«

Der Himmel war wolkenverhangen, und nur an einer einzigen Stelle war ein weißlicher Fleck zu sehen: Dort versuchte der Mond mit seinem bleichen Licht zur Erde durchzudringen.

Die frostige Luft brannte mir in der Kehle. Auch ich reckte den Kopf hoch und schaute in die Wolkendecke, die den Sternenhimmel verdeckte.

Aus dem Wald erklang ein Wolfsheulen. Ich zuckte zusammen. »Gibt es hier viele Wölfe?« fragte ich Olga Iwanowna.

»Und wie viele, mein Söhnchen!« antwortete sie. »Und nicht bloß Wölfe, auch andere wilde Tiere!«

»Da, da!« rief Marina plötzlich und wies mit der Hand auf ein kleines Sternchen, das aus den Wolken hervorsah.

»Du wirst Glück haben, Töchterchen!« versprach die ältere Schwester, dann bedachte sie uns alle mit einem liebevollen Blick und rief uns zu Tisch.

Schnell kehrten wir in das warme Holzhaus zurück.

Marina zündete die Kerze an, die in der Mitte der Brote stand. Die alten Frauen lasen laut ein Weihnachtsgebet vor. Dann hob die jüngere den Deckel vom Tontopf und gab jedem von der *Kutja*, eine Weizengrütze, die mit Honig und Mohn gekocht war. Dann gab es Borschtsch mit Sternchennudeln und die anderen zehn Gerichte. Und zum Abschluß ein Kompott aus zwölf Früchten.

Als wir uns schon satt gegessen hatten, hörte man draußen vor dem Fenster den Schnee knirschen. Jemand blieb vor der Schwelle zum Holzhaus stehen – und schon erklangen weihnachtliche Gesänge. Nur, daß die Stimmen alle Männerstimmen waren, als wenn diese Weihnachtslieder vom Don-Kosaken-Chor gesungen würden.

»Geh raus zu ihnen«, bat mich Dima. »Auf dem Boden in der Diele stehen Fischkonserven. Gib jedem eine davon!«

Mit einem großen Sack in der Hand öffnete ich die Tür – und erstarrte: Vor mir standen singend sechs Männer in Kampfanzügen.

Ich wartete einen Moment, bis sie das Weihnachtslied beendet hatten, und legte – wie es der Brauch war – jedem ein Geschenk in die Hand, in diesem Fall eine Dose mit Krabbenfleisch aus Kamtschatka.

Sie verneigten sich, wandten sich um und gingen vom Hof, marschierten den verschneiten Weg entlang. So lösten sie sich in der Dunkelheit dieses Weihnachtsabends auf.

›Wie seltsam‹, dachte ich. ›In allen Märchen und Filmen singen nur Kinder die *Koljadki*, und man gibt ihnen dann Schokolade oder auch Geld ...‹

»He, mach die Tür zu, sonst erkälten wir uns noch alle!« drang Dimas Stimme zu mir.

Ich kehrte ins Wohnzimmer zurück, immer noch in nachdenklicher Stimmung.

»Oh! Schaut euch das an! Macht mal lauter!« Dima drängte mich mit seinen Worten und Gesten zum Fernseher.

Auf dem Bildschirm erschien das rosafarbene Gesicht des Präsidenten. Der Präsident wünschte allen schöne Weihnachten und schlug vom Bildschirm aus das Kreuzzeichen über uns.

»Das ist gut, daß er das ganze Land gesegnet hat«, sagte die ältere der Schwestern. »Im letzten Jahr hatte er das vergessen, und sofort, schon vom ersten Januar an, ging alles schief. Mit Fleisch, mit den Eiern, mit der Milch ...«

»Na, komm, hör schon auf!« schob Olga Iwanowna der Schwester einen Riegel vor. »Ist doch eine Sünde, sich zu beklagen, wir leben doch auch so gut!« Dann wandte sie sich zu Dima und sagte: »Möge Gott dich behüten, Dimotschka! – Und jetzt gehen wir alle schlafen! Die Jungen ins erste Schlafzimmer« – sie zeigte mit der Hand auf die angrenzende Doppeltür –, »und du, Dimotschka, wirst in der Küche schlafen, wir stellen dir dort ein Klappbett auf. In Ordnung? Hier, im Wohnzimmer, darf niemand schlafen.«

»Wieso darf im Wohnzimmer niemand schlafen? Und wieso steht hier ein sechster Stuhl?« wunderte ich mich.

»Wegen der Geister der Ahnen. So ist es der

Brauch«, erklärte die jüngere Schwester mir geduldig. »Es ist möglich, daß sie auch nachts kommen, drum ist es besser, wenn hier niemand schläft.«

Das Schlafzimmer empfing uns mit einem großen Doppelbett, an der Wand über dem Kopfende hing eine Ikone.

»Na, was ist, bist du bereit?« flüsterte mir Marina zu, als sie sich auszog.

Ich verstand die Frage. Und wirklich, an diesem Abend war etwas Märchenhaftes, Wunderbares, etwas Feierliches und nicht ganz Rationales. Wahrscheinlich war das genau die richtige Nacht, um ein Kind zu zeugen…

Unter der warmen Daunendecke wärmten Marina und ich uns schnell auf.

»An diese Weihnachten werden wir uns jetzt immer erinnern!« Marinas heißes Geflüster wärmte mein Ohr, und ich drückte sie fest an mich.

Mitten in der Nacht weckte mich ein Rascheln, das aus dem Wohnzimmer kam. Marina schlief wie ein Murmeltier. Im Haus und draußen vor den Fenstern war alles still. Die märchenhafte Weihnachtsnacht war noch nicht zu Ende, und ich wurde ganz starr, als ich wieder dieses Rascheln hörte, und versuchte herauszufinden, ob es real war oder der Geisterwelt angehörte.

Aber das Rascheln ging weiter und wurde lauter.

Leicht verängstigt stieg ich aus dem Bett und näherte mich der verschlossenen Wohnzimmertür. Ich öffnete eine Hälfte der Doppeltür.

Mondlicht fiel durch das kleine Fenster auf einen Teil des runden Tisches. Und in diesem Licht erblickte ich auf dem Tisch zwei Mäuschen, die an den Resten unseres Weihnachtsessens kauten.

Auf meinem Gesicht breitete sich ein erleichtertes Lächeln aus. Ich trat ganz ins Zimmer und schloß leise die Tür zum Schlafzimmer hinter mir.

Die Mäuschen schienen gar keine Angst vor mir zu haben. Aber als ich das Licht anknipste, sprangen sie sofort vom Tisch und versteckten sich unter dem Sofa. Der elektrische Strom floß hier offensichtlich nicht gleichmäßig. Die Lampe an der Decke brannte mal heller, mal verlöschte sie fast ganz. Als ich mich etwas umsah, entdeckte ich auf dem Fensterbrett ein schwarzes Gerät. Ich trat näher und nahm es in die Hand.

Eine Gänsehaut lief mir über den Rücken: Das Gerät, das ich in der Hand hielt, war ein Geigerzähler.

Sofort fiel mir der Schlagbaum mit der Wachbude wieder ein und die sechs Soldaten, die die *Koljadki* gesungen und dafür je eine Konservendose bekommen hatten. Und mir fiel auch wieder Dimas Biographie ein.

›So ein Mistkerl!‹ dachte ich. ›Der hat uns doch glatt in die Tschernobyl-Zone gebracht. Und wir haben hier ein Kind gezeugt… Was denkt der sich bloß! Es ist doch seine eigene Schwester! Von wegen Extremtourismus! Will er uns vielleicht zeigen, daß die echten Traditionen nur dank der radioaktiven Strahlung erhalten bleiben?‹

Ich kehrte ins Schlafzimmer zurück und zog mich an, wobei ich versuchte, Marina nicht zu wecken. Dann ging ich wieder ins Wohnzimmer.

›Und der Kerl schläft selig in der Küche‹, ging es mir durch den Kopf. Zu gern hätte ich etwas Schweres genommen und es ihm auf den Kopf gehauen. Aber ich fand nichts Schweres im Wohnzimmer. Nochmals sah ich mich um – und sah zu meinem Erstaunen Dima.

Der schaute aus dem Flur ins Wohnzimmer herein. Er war vollständig angezogen und hielt eine Flasche Champagner in der Hand.

»Kannst du nicht schlafen?« fragte er leise. Auf seinem Gesicht stand ein klägliches Lächeln.

»Wohin hast du uns gebracht?« fragte ich in erbostem Flüsterton.

Das Lächeln verschwand nicht von seinem Gesicht. Er sah an mir vorbei auf die Reste des Weihnachtsmahles vom Vorabend. Mir war klar, daß er jetzt den Geigerzähler sah, den ich auf dem

Tisch, gegenüber dem sechsten Stuhl, hatte liegenlassen.

»Das ist doch die Tschernobyl-Zone!« sagte ich schon lauter, ohne von Dima eine Antwort auf meine Frage zu erwarten.

»Kannst du eine Champagnerflasche ohne einen Laut öffnen?« fragte er. »Das kannst du, ich weiß es noch genau. Na los, mach auf!«

Ich nahm die Flasche in die Hand. Er wies mit dem Kopf Richtung Wohnzimmer, zum Tisch hin, als wolle er sagen: ›Na komm, setzen wir uns!‹

Wir setzten uns an den Tisch. Ich schälte die Alufolie vom Korken, öffnete sorgfältig den gedrehten Draht, der den Korken in der Flasche festhielt. Dann zog ich mit den sorgsamen Bewegungen eines Chirurgen leicht am Korken. Und als der Korken schon von selbst kam und vom Druck des Champagners hochgepreßt wurde, drückte ich dagegen.

»Und jetzt schenk ein!« flüsterte er.

»Und worauf trinken wir?« fragte ich düster. »Auf Weihnachten in der Tschernobyl-Zone?«

Dima lachte.

»Nein, auf die Eröffnung einer neuen Route des Extremtourismus. Auf mein *know how*. Das Ganze heißt ›Russisches Roulette in der ukrainischen Provinz‹.«

»Was willst du denn damit sagen?«

»Daß ich fünf solcher Orte habe. Einer ist in der Tschernobyl-Zone, vier sind in gewöhnlichen Dörfern, die auf Tschernobyl-Zone getrimmt sind. Das ist für die Neuen Russen, die schon alles gesehen haben und sich über nichts mehr wundern können. Sie kaufen einen Trip, bekommen eine Reisenummer, und los geht's! Du hast übrigens völlig umsonst Angst vor der Tschernobyl-Zone! Weißt du, wie beruhigend radioaktive Strahlung auf die Nerven wirkt?«

»Du hast mir nicht geantwortet. Ist das jetzt die Tschernobyl-Zone oder nicht?«

»Natürlich nicht.«

Ich atmete erleichtert auf und nahm einen Schluck Champagner.

»Also hast du das alles extra für uns aufgebaut? Den Geigerzähler, die Schranke, die singende Spezialeinheit? Für ›extreme Emotionen‹?!«

»Das ist mein Weihnachtsgeschenk an euch. Übrigens, wenn ihr wollt, könnt ihr nächste Weihnachten in einem Bergwerk im Donezbecken zusammen mit den streikenden Arbeitern verbringen ...«

»Nächste Weihnachten werden wir schon ein Baby haben«, verkündete ich ruhig und sicher. »Und dem wird es in einem Bergwerk mit streikenden Arbeitern wohl kaum gefallen ...«

»Macht nichts«, lachte Dima. »Wir haben ja noch ein ganzes Jahr vor uns. Ich denke mir für euch was Neues aus. Etwas, was sicher auch dem Baby gefallen wird!«

Die letzte Landung

Es war ein kalter Frühling im fünften Jahr nach der Unabhängigkeit der Ukraine. Ich kehrte von einer Reise nach Deutschland zurück. Die alte Boeing der ukrainischen internationalen Fluglinie war mit chinesischen Schriftzeichen bemalt, die wohl erklären sollten, was im Falle einer Notlandung zu tun sei. Die Duraluminiumflügel des Flugzeugs erzitterten, als es sich der Landebahn des Borispolskij-Flughafens näherte. Eine vollschlanke Stewardess verteilte Zollformulare. Ich bekam auch eines, und wieder einmal schmunzelte ich über die Aufforderung, die Menge der aus dem Ausland eingeführten fremden Währung anzugeben. Für wie blöd hielten die einen?

Kurz danach setzte das Flugzeug auf dem Betonstreifen auf und rollte auf der Landebahn weiter. Ein zufällig unter die Passagiere geratener ausländischer Tourist klatschte schwach Beifall, hörte aber schlagartig damit auf, als er angespannte Blikke in seine Richtung bemerkte.

Fünf Minuten nachdem die Triebwerke abgestellt worden waren, rollte ein Bus an das Flugzeug heran, und die Passagiere nahmen eilig darin Platz.

Der große Vorraum der Zollabfertigung füllte sich, es knisterten die Blätter der Zollerklärungen. Die Passagiere teilten sich in zwei Warteschlangen auf. Aus Gewohnheit stellte ich mich in die linke Schlange. Sie bewegte sich nur langsam vorwärts, aber ich hatte es nicht eilig.

Schließlich kam ich bei der Stelle an, wo die Radioaktivität gemessen wird. Ein Mann im Schutzanzug fuhr mit einem Geigerzähler an meinem Körper entlang und nickte schließlich, in Ordnung, alles okay. Dann mußte ich noch durchleuchtet werden – die Zöllner suchten Opiumkuriere, und wie ich wußte, schluckten diese vor dem Grenzübertritt das Opium in kleinen Säckchen. Ich betrat eine metallene Box und legte meine Brust gehorsam an eine quadratische Platte. Etwas Unsichtbares klirrte in der Box, und mir lief ein Schauer den Rücken hinunter.

›Nur noch fünfzehn Minuten‹, beruhigte ich mich selbst, ›und ich bin raus aus diesem fürchterlichen Flughafen.‹

Endlich öffnete sich die Tür der Box, und ich folgte weiter der auf den Boden gemalten gelben Linie, die den Weg markierte.

»Den Paß, bitte«, sagte der Zöllner höflich, schon über den Tisch mit dem Gepäck gebeugt.

Mit einem Lächeln zog ich meinen Sowjetpaß hervor, der inzwischen schon ein Relikt geworden war.

»Andrej Jurjewitsch?« las der Zöllner laut und sah mich dabei an, als warte er auf mein die Wahrheit bestätigendes Nicken. »Haben Sie nur diese eine Tasche?«

Ich nickte.

»Bitte, gehen Sie dort hinüber, durch diese Tür!« sagte er und begleitete seine Worte mit einer weit ausladenden Geste, die die Richtung anzeigte. »Und die Tasche nehmen Sie bitte auch mit!«

Hinter der eleganten schwarzen Tür entdeckte ich eine Art Aufenthaltsraum, bequem mit Polstermöbeln ausgestattet. Es war niemand da. Ich ging zum nächstbesten Sessel und setzte mich.

Als ich meine Umgebung musterte, fiel mir in einer Ecke an der Decke eine schwarze Videokamera auf.

Ich war innerlich ganz ruhig und wunderte mich selbst, woher ich diese Ruhe nahm. Aus irgendeinem Grund mußten sie mich doch hierher gebeten haben.

Die Tür öffnete sich lautlos. Ein Mann von ungefähr fünfundvierzig Jahren kam herein. Er trug einen dunkelblauen teuren Anzug, zu dem die grellrote Krawatte und das einfache rötliche Gesicht nicht recht passen wollten. In der Hand hielt er eine Röntgenaufnahme.

Er kam zu mir und setzte sich in den Sessel neben mir.

»Andrej Jurjewitsch?« fragte er.

Ich nickte.

Er sah mich an, dann hob er das Röntgenbild auf Augenhöhe und betrachtete es eingehend.

»Sind Sie Arzt?« fragte ich.

»Nein, aber ich mußte Kurse in Röntgenologie machen...«, sagte er in scherzhaftem Ton. »Sie haben gesundheitliche Probleme...«, fuhr er fort und zeigte mir auf der Röntgenaufnahme etwas, das mit rotem Filzstift markiert war.

»Ich kenne meine Probleme...«, sagte ich.

»Andrej Jurjewitsch, an Ihrer Stelle wäre ich jetzt ganz schön nervös, wenn ich mal so sagen darf...«

»Wieso?« fragte ich verwundert.

»Na, wie denn nicht: Sie kehren nach einer ernsthaften Operation nach Hause zurück, in die Heimat sozusagen, und aus irgendwelchen Gründen werden Sie aufgehalten. Und zu Hause wartet die Frau und macht sich Sorgen...«

Ich sah ihn durchdringend an. Er hatte ja recht, aber seit der Operation war ich tatsächlich erstaunlich ruhig und unbekümmert, als wenn man mir das ganze Nervensystem herausgenommen hätte.

Mein namenloser Gesprächspartner seufzte tief. »Wissen Sie, Andrej Jurjewitsch, ich mag keine ruhigen Gespräche. Ich bin an handfeste Streitereien gewöhnt, mit richtig viel Geschrei und Emotionen ... So wie früher. Aber jetzt ist alles nicht mehr so, wie's mal war, jetzt macht man alles viel zu intellektuell ... Wenn Sie verstehen, was ich meine ...«

»Nein«, gestand ich.

»Na gut, wenn Sie so widerspenstig sind, dann erzähle ich Ihnen eine interessante Geschichte. Vor einem halben Jahr, Sie erinnern sich vielleicht, es wurde viel darüber in den Zeitungen geschrieben, verschwand ein Kandidat für das Amt als Parlamentsabgeordneter, ein Kandidat der Opposition ... Na ja, er verschwand eben. Keine Leiche – kein Fall. Und nun, fünf Monate später, fährt ein Kiewer Schriftsteller nach Deutschland zu einer ernsthaften medizinischen Behandlung. In seiner Jugend hatte er dem Kognak ganz schön zugesprochen – damals war der Kognak billig –, und, na klar, die Leber hat das nicht ausgehalten. Die Leber ist ein sensibles Organ. So fährt also unser Herr Schriftsteller nach Deutschland und bringt seine kranke Leber zur Behandlung mit. Gut, daß der Schriftsteller dort Freunde hat, die für ihn eine

Krankenversicherung organisiert haben, und die tun so, als sei die Leber des Herrn Schriftstellers erst in Deutschland krank geworden. Sollen doch die deutschen Steuerzahler für ihn aufkommen, oder soll doch die Versicherung mit den Beiträgen aufschlagen … egal. Wichtig ist nur, daß die deutschen Ärzte die vom Kognak verdorbene Leber untersuchten, die Köpfe schüttelten und sagten, daß man eine solche Leber nicht mehr heilen kann. Man muß eine neue Leber einsetzen. Na gut, was Neues ist immer besser als etwas Altes, nicht wahr? So war denn unser Herr Schriftsteller gern zur Operation bereit. Man setzte dem Herrn Schriftsteller eine neue Leber ein, man ließ ihn sich regenerieren, quartierte ihn einen Monat lang in einer Pension ein, hübsch am Wasser gelegen. Das Städtchen drum herum war schön, um ihn her spazierten Pensionäre, die nur so strotzten vor Gesundheit. Und der Schriftsteller fühlte sich unter ihnen wie zu Hause. Ein Monat ging vorbei, die deutschen Kollegen kamen ihn besuchen, nahmen ihn mit nach Köln, im Restaurant Maredo wurde ein Abschiedsabend organisiert, es gab ein anständiges halbdurchgebratenes Steak zu essen. Aber der Schriftsteller war auf Diät, für ihn gab es extra Lammfilet ohne Fett. Und Salat natürlich … Dann übernachtete der Herr Schriftsteller im Hotel Engelbert, und am nächsten Morgen ging's ab zum Flughafen. – Na, Andrej Jurjewitsch, sind Sie immer noch so ruhig? Vielleicht ist Ihnen nicht gut?« fragte mein Gesprächspartner mit hoffnungsvoller Stimme.

»Nein, nein, alles in Ordnung«, sagte ich, obwohl mir langsam aufging, daß die Geschichte, die er da erzählte, ziemlich präzise war. Es war meine eigene Geschichte, und das bedeutete, daß mir die ganze Zeit jemand gefolgt war! Doch wozu? Wer war ich schon, daß man eine solch genaue Beschattung für mich organisiert hatte?

»Na endlich werden Sie nachdenklich!« sagte mein Gesprächspartner zufrieden. »Vorher saßen Sie so ruhig da, als ob Sie rein gar nichts auf dem Kerbholz hätten! Na gut, jetzt ruhen Sie sich ein wenig aus. Ich muß nur kurz weg.«

Er stand auf und ging Richtung Tür.

»Warten Sie!« rief ich. »Soll ich etwa hier sitzen bleiben? Ich muß nach Hause. Wenn Sie mich noch brauchen, können Sie mich ja auch zu Hause aufsuchen.«

»Nein, nein, Sie bleiben hier!« sagte er schon im Gehen. »Sie dürfen noch nicht weglaufen. Sie haben noch nicht die ganze Geschichte gehört!«

Er ging hinaus, und ich hörte die Tür ins Schloß fallen.

Ich saß im Sessel und war wirklich betreten, aber mehr auch nicht.

Aus der linken oberen Ecke der Decke beobachtete mich aufmerksam das Kamera-Auge. Ich zwinkerte ihm zu.

Im Raum war es sehr still, eine Stille, die mir geradezu steril erschien, fast klinisch, irgendwie künstlich. Im normalen Leben gab es so was nicht.

Wieder klickte das Türschloß, und eine junge Stewardess kam herein. Sie streckte mir ein Tablett hin, auf dem genau das gleiche Essen stand, das ich vor kurzem im Flugzeug erhalten hatte.

»Guten Appetit!« sagte sie und ging hinaus.

Ich saß im Sessel mit dem Tablett auf den Knien. Hunger hatte ich eigentlich nicht, aber die Stille erforderte irgendeine Art der Tätigkeit. Also zog ich die Alufolie von meinem Airline-Essen, packte das in Zellophan verpackte Besteck aus und fing an zu essen.

Nach ungefähr fünfzehn Minuten brachte dieselbe Stewardess den Kaffee. Eigentlich hatte ich ja aufgehört, Kaffee zu trinken, meine frühere Leber vertrug es nicht, aber in diesem Moment war es mir unangenehm abzulehnen, und meine Leber war ja jetzt ganz neu, so daß ich darauf keine Rücksicht nehmen mußte.

Ich dankte der jungen Frau, sie lächelte zur Antwort und ging hinaus.

Kurz darauf kam mein Gesprächspartner wieder.

»Na, haben Sie sich gestärkt?« fragte er. Und ohne eine Antwort abzuwarten, fuhr er fort: »Ich habe auch eine Kleinigkeit zu mir genommen, jetzt sind wir beide wieder frisch, und ich erzähle Ihnen noch eine sehr interessante Geschichte … Erinnern Sie sich an den verschwundenen Parlamentskandidaten, den ich erwähnte? Er war ein ruhiger Mensch, ein stiller Typ, obwohl er ziemlich extreme Ansichten vertrat. Er trank sehr gern Kaffee … mit einem Wort, er war ein typischer Westukrainer und ein aufrichtiger Nationalist. Tja, und dann verschwand er von der Bildfläche … Nicht aus freien Stücken, natürlich. Man suchte lange nach ihm. Da war er noch am Leben. Gewisse Leute, nennen wir sie Gangster, hatten ihn entführt und hielten ihn zuerst in einem Haus auf dem Land fest, nicht weit weg von Kiew. Dann, als die erste Welle der Nachforschungen vorbei war, transportierten sie ihn gefesselt in einem Auto in die Karpaten, dort hatten sie eine Verabredung mit einem Offizier des Grenzschutzes … Der Offizier flog sie mit einem Militärhubschrauber nach Polen, das ist nicht teuer, kostet gerade dreihundert Dollar, aber Sie verstehen, die Soldaten verdienen zur Zeit so wenig, daß sie sich über jeden Nebenverdienst freuen ... Dort in Polen wartete schon ein Auto auf sie, und sie fuhren Richtung Norden. Kurz bevor sie nach Szczecin kamen, bogen sie in einen Feldweg ein und erreichten schließlich ein abseits gelegenes Gehöft ... Na, interessant? Ein guter Stoff für einen Krimi, nicht wahr? Merken Sie es sich, für alle Fälle. Dieses Gehöft wurde vor fünf Jahren von einem Kiewer gekauft, er war Präsident eines Investmentfonds, der inzwischen schon nicht mehr existiert. Sie müssen sich doch noch erinnern, daß Ihr Vater all sein Geld in drei Aktienfonds angelegt hatte und alles verlor! Dieses also war einer der Fonds. Der Kiewer lebt jetzt in Prag, und in dem Gehöft haust sein Bruder. Er hat dort alles umgekrempelt, hat teure medizinische Geräte gekauft. Irgendwann einmal hat er einen Abschluß in Medizin gemacht und ein paar Jahre als Notarzt gearbeitet. Später hat er beim Schnapsgroßhandel Geld gemacht, vor kurzem aber ist er zur Medizin zurückgekehrt, und nun blüht sein Geschäft ... Auf dieses Gehöft also hat man unseren verschwundenen Kandidaten gebracht, ihn sozusagen aufs Krankenbett gelegt und sorgfältig untersucht. Man entdeckte ein paar Probleme, die in Ordnung gebracht werden sollten. Man behandelte seine Leber, ich hatte ja schon erwähnt, daß sie etwas angegriffen war, weil er zuviel Kaffee trank. Man heilte auch ein paar andere Organe. Eine interessante Gesetzmäßigkeit: Die Intellektuellen kümmern sich fast nie um ihre Gesundheit. Sie beispielsweise ja auch nicht ... Man sollte besser mit sich selbst umgehen! – Na, gut, kehren wir nach Polen zurück. – Interessiert Sie das überhaupt?« Er sah mir durchdringend in die Augen.

»Doch, doch«, sagte ich.

Mein Gesprächspartner konnte wirklich gut erzählen, und in manchen Augenblicken vergaß ich völlig, wo ich mich befand und aus welchem Grund.

»Als man den Kandidaten zu Ende behandelt hatte, stellte der Besitzer dieses Gehöfts sozusagen eine Inventarliste zusammen von all den mehr oder weniger gesunden Organen des Kandidaten, danach setzte er eine genaue Liste dieser Organe mit detaillierter Beschreibung auf. Er faxte diese Liste an verschiedene Nummern in Europa. Sein System, das muß man sagen, ist wirklich großartig ausgefeilt. Ein begabter Organisator. Schon ein halbe Stunde später bekam er Rückantworten. Damit war das Schicksal des Kandidaten besiegelt. Am nächsten Abend operierte man ihn, sozusagen unter Vollnarkose. Man entnahm ihm verschiedenste Organe und legte sie in spezielle Gefäße mit einem Lösungsmittel. In einer derartigen Lösung läßt sich eine Leber lange aufbewahren, und auch die Nieren … Unweit von dem Gehöft liegt ein Privatflugplatz. Den flogen mehrere kleine Flugzeuge an, um die Organe abzuholen. Das Herz, beispielsweise, flog nach Frankreich, es schlägt jetzt in der Brust eines uralten Bankiers. Eine Niere wurde einer österreichischen Opernsängerin eingesetzt … Und die Leber … ja, die Leber haben jetzt Sie. Verstehen Sie, was das heißt?«

Ich erschrak. Um die Wahrheit zu sagen, in Deutschland hatte ich gar nicht daran gedacht und auch nicht danach gefragt, wer der Spender meiner Leber war. Man hatte mir nur gesagt, daß die Organe normalerweise von Menschen stammen, die bei einem Autounfall umgekommen sind. Außerdem war es auch nicht angenehm, daran überhaupt zu denken.

»Nun also, Herr Schriftsteller. Verstehen Sie jetzt, warum Sie hier sind und nicht zu Hause?«

»Und was jetzt?« fragte ich. »Sie werden mir wohl kaum die Leber wieder herausschneiden wollen? Und wozu sollten Sie die auch brauchen?«

»Wozu? Na, sagen wir mal so … Die Sache ist delikat. Verstehen Sie, die Leber, das ist der körperliche Beweis, ein Teil des Körpers. Und wenn wir den Körper haben, haben wir auch einen Fall, den wir dann abschließen können ... Man muß das Volk beruhigen, sonst verbreiten die Zeitungen noch, daß dies ein politischer Fall ist. Dabei handelt es sich um ganz normale Kriminelle ... Sie sehen es ja selbst! Und auch die Familie des Verstorbenen wird sich endlich beruhigen – lieber eine bittere Gewißheit als völlige Unklarheit. Ich glaube, die Verwandten des Kandidaten wollten auch ein Grab, so daß es durchaus möglich ist, daß sie von Ihnen die Leber zurückfordern, um sie zu begraben ... Sehen Sie, in was Sie sich da reingeritten haben! Tiefer geht's kaum.«

»Moment mal!« sagte ich und sah meinem Gesprächspartner aufmerksam in die Augen. »Das heißt doch, daß Sie alles im voraus gewußt haben. Sie haben genau gewußt, wohin und zu welchem Zweck man diesen Menschen entführt hat?«

»Ich persönlich? Nein, ich beschäftige mich nur mit den Auslandsbeziehungen des Organhandels. Wie es von Polen aus weitergeht. Meine Kollegen wußten natürlich schon etwas. Aber wir sind nicht die Miliz, in unser Aufgabengebiet fällt lediglich das Sammeln konkreter Informationen und ihre Nutzung in Notfällen. Wenn man Ihnen beispielsweise in Deutschland die Leber eines Stepan Sacharowitsch Kuprinenko implantiert hätte – den gab's wirklich, ein Waldarbeiter in den Karpaten –, würden Sie jetzt gemütlich zu Hause sitzen und mit Ihrer Frau Tee trinken. Aber die Leber von Kuprinenko wurde einem anderen Herrn eingesetzt, einem deutschen Professor aus Köln. Die Leber von Kuprinenko war übrigens sogar besser als Ihre neue. Allerdings auch teurer. Aber so, da Sie eine Leber mit, sagen wir mal, politischer Färbung bekommen haben, tja, da ist nichts zu machen ... Nun gut, bald bekommen Sie ein Abendessen, und für mich ist es Zeit, nach Hause zu gehen. Also dann, bis morgen!«

Wieder blieb ich allein in der sterilen Stille dieses Raumes ohne Fenster. Mein Befinden verschlechterte sich mit einem Mal. Ich hatte leichte Kopfschmerzen und spürte deutlich die Leber. Nicht, daß sie weh tat, aber es war, als hätte sie stark an Gewicht und Größe zugenommen, und sie fühlte sich an als etwas Fremdes, das man schleunigst loswerden sollte ... Ich stand vom Sessel auf und legte mich auf das Sofa mit dem Velourbezug, das daneben stand. Allmählich wurde mir besser.

Ein paar Stunden später brachte mir eine andere Stewardess ein Tablett mit dem Flugzeugessen, die Mahlzeit war genau die gleiche wie die vorherige. Und wieder kam die Stewardess nach etwa fünfzehn Minuten zurück und brachte mir starken

Kaffee, diesmal in einer großen Thermoskanne, die sie mir daließ.

Der Kandidat hatte sehr gern Kaffee getrunken, erinnerte ich mich und berührte meine neue Leber, deren Geschichte ich nun im Detail kannte.

Trotz des äußerst unbequemen Sofas schlief ich tief und fest. Doch beim Aufwachen fühlte ich mich wieder nicht wohl. Ich stand auf, setzte mich in den Sessel und sah auf die Uhr. Die Uhr stand – ich traute meinen Augen kaum! Meine neue Schweizer Uhr, ein Geschenk meiner Freunde in Deutschland, mit zehn Jahren Garantie und Mikrobatterie für fünf Jahre, hatte aufgehört zu tikken, die Zeiger waren um Mitternacht stehengeblieben. Der Garantieschein mit der Gebrauchsanweisung lag in meiner Tasche, und automatisch griff ich hinein, zog das elegante Etui heraus, das eher wie das eines Brillantcolliers aussah als nach dem einer Armbanduhr. Ihm entnahm ich die Gebrauchsanweisung, die sehr ausführlich war und in vielerlei Sprachen übersetzt. Ich suchte die englische Variante, und plötzlich fand ich zu meiner Überraschung eine Spalte in kyrillischer Schrift. Die Schrifttype war zu klein für die Beleuchtung des Raumes, so daß ich das Blatt ganz nah an die Augen heranführen mußte. ›Die neueste Errungenschaft aus der Ideenschmiede von Schweizer Uhrmachern‹, ›eine Weiterentwicklung jahrhundertealter Uhrmachertradition‹, ›die gelungenste Kombination von neuesten Erkenntnissen der Wissenschaft mit modernstem Design ...‹ Die Gebrauchsanweisung glich eher einem Werbetext, und ich wollte sie schon in das Luxusetui zurückstecken, da sah ich unter dem Absatz ein rotes Ausrufezeichen und einen Absatz, der nach rechts eingezogen war.

›Warnung!‹ las ich. ›Ihre neue Uhr hat neben den oben aufgeführten Funktionen noch eine weitere wichtige Qualität: Sie kann Ihnen eine mögliche Gefahr für Ihre Gesundheit signalisieren. Im Falle einer Annäherung an einen gesundheitsgefährdenden Ort (beispielsweise erhöhte radioaktive Strahlung oder Luftverschmutzung etc.) bleibt die Uhr stehen. In diesem Fall sollten Sie schleunigst (wie auf Bild fünf gezeigt) die Funktion des ökologischen Kompasses einschalten. Dann zeigt Ihnen der Minutenzeiger die der Gefahrenquelle entgegengesetzte Richtung an. Nachdem Sie die gesundheitsgefährdende Zone verlassen haben, stellt sich die Uhr automatisch wieder auf die aktuelle Zeit ein. ACHTEN SIE AUF IHRE GESUNDHEIT, SCHAUEN SIE ÖFTER AUF DIE UHR!‹

Jetzt verstand ich den Sinn des Geschenkes. Da ich nichts anderes zu tun hatte, studierte ich die

Zeichnung Nummer fünf und schaltete die Funktion des ökologischen Kompasses ein. Der Minutenzeiger drehte sich unschlüssig im Kreis, und als ich die Uhr mit dem Zifferblatt zu mir hielt, zeigte der Zeiger gen Himmel und blieb stehen. Die Uhr ging also noch, sie zeigte lediglich die Zeit nicht an.

Kurz darauf brachte mir eine große, etwa fünfunddreißigjährige Stewardess ein Flugzeugfrühstück und eine neue Thermoskanne mit Kaffee.

»Können Sie mir nicht sagen, wie spät es ist?« fragte ich.

»Halb zehn. Guten Appetit«, sagte sie mit unbewegter Stimme. Und ging hinaus.

Nun schon mit einem leichten Anflug von Ekel packte ich das Plastiktellerchen aus, auf dem warmes Bohnenpüree und zwei verschrumpelte Würstchen lagen, die ziemlich zerquält ausschauten. Als ich mein Einwegfrühstück gegessen hatte, schenkte ich mir Kaffee aus der Thermoskanne in die Plastiktasse ein. Sofort stieg mir intensivster Kaffeeduft in die Nase. Dieser Kaffee war entschieden stärker als der gestrige. Ich stellte mir vor, wie schädlich er für die Gesundheit war, besonders für meine neue Leber. Aber gleichzeitig ergriff mich ein vorher nie gekannter ›Durst‹, und ich leerte die ganze Kanne, die viereinhalb Tassen enthielt.

Danach spürte ich in meinem Inneren die Bewegung der Flüssigkeit. Nicht, daß mir das früher nie passiert wäre, aber jetzt geschah es irgendwie anders. Als wenn sich die Richtung der Bewegung geändert hätte. Und wieder empfand ich meine Leber als ein Gewicht, als wolle sie extra meine Aufmerksamkeit auf sich lenken.

›Wahrscheinlich vertragen sich meine anderen Organe nicht besonders gut mit der neuen Leber‹, dachte ich. ›Sie müssen sich erst noch an sie gewöhnen, sich aneinander anpassen. Aber, egal, sie werden sich schon aufeinander einstellen …‹

Die Tür ging auf, und ins Zimmer kam mein gestriger Gesprächspartner.

»Guten Morgen, Andrej Jurjewitsch. Wie haben Sie geschlafen?«

Ich nickte zur Antwort.

Er kam heran und setzte sich in den Sessel neben mich.

»Wie geht's der Leber?« fragte er.

»Ganz gut …«

Er nickte nachdenklich.

»Ja«, seufzte er, »Sie sind nicht zu beneiden … Die Verwandten des Kandidaten sind schon benachrichtigt worden. Die Angelegenheit geht ihrem Ende zu …

Mein Sohn kennt Sie übrigens. Er sagt, daß er ein paarmal bei Ihren Autorenlesungen war. Es hat ihm gefallen, hat er gesagt. – Aber gut, kehren wir zu unserer Geschichte zurück. Eigentlich wissen Sie ja schon alles. Wir können nur noch hier sitzen und die Entscheidung abwarten«, sagte er mit nach oben gerichtetem Zeigefinger, »was die Leber des Kandidaten betrifft ... Wenn Sie wollen, kann ich Ihnen noch eine Geschichte erzählen, aber keine Angst, die hat nichts mit Ihnen zu tun ... Eine ganz andere, aber Sie als Schriftsteller wird das sicher interessieren ...«

In diesem Moment klopfte es. Mein Gesprächspartner erhob sich und ging zur Tür. Ich hörte ein undeutliches, aber aufgeregtes Flüstern. Die Tür klickte ins Schloß, und ich war wieder allein.

›Vielleicht ist über meine Leber schon entschieden worden?‹ fragte ich mich nicht ohne Schrekken.

Die sterile Stille reizte mich. Meine gestrige Selbstbeherrschung war dahin.

›Nein, kein Grund zur Aufregung‹, versuchte ich mich selbst zu beruhigen. ›Es wird schon nichts Schlimmes passieren. Schließlich leben wir am Ende des zwanzigsten Jahrhunderts und nicht im blutigen Mittelalter ...‹

Trotzdem wuchs meine nervliche Anspannung und wurde zum Schmerz. Es tat irgendwo im Bauch weh. Der Schmerz kam in Wellen, und ich fühlte die Richtung, in die sie gingen. Die Wellen breiteten sich aus, und der Schmerz wurde stärker. In mir baute sich eine regelrechte Schmerzattacke auf. Mich interessierte nur noch eines: Hatte das mit meiner neuen Leber zu tun oder nicht?

An einem bestimmten Moment schlug die Schmerzwelle über mir zusammen, und ich verlor die Besinnung.

Ich wachte in einem gewöhnlichen Krankenzimmmer wieder auf und blinzelte. Ich blinzelte nicht lange.

Da hörte ich schon die bekannte Stimme meines letzten Gesprächspartners.

»Verzeihen Sie, Andrej Jurjewitsch ... Man hat Sie auf meine Bitte hin zu Bewußtsein gebracht. Ich habe hier eines Ihrer Bücher gekauft. Ein Kinderbuch. Nicht schlecht, wirklich lustig. Geben Sie mir doch ein Autogramm zur Erinnerung ...«

Der Nebel vor meinen Augen lichtete sich ein wenig, und ich erblickte das bekannte rötliche Gesicht.

»Unterschreiben Sie! Ich heiße Taras Belonenko ...«

Er drückte mir einen Filzstift in die Hand und richtete mich auf, indem er mich zur Seite drehte. Vor mir sah ich mein neuestes Kinderbuch.

»Am besten hier, auf der zweiten Seite ...«

Ich schrieb mit zittrigen Buchstaben: ›Dem lieben Taras vom Autor‹.

»Schreiben Sie kein Datum hin«, bat der Gesprächspartner.

Ich ließ mich wieder auf den Rücken fallen und schloß die Augen.

»Danke, Andrej Jurjewitsch«, hörte ich. »Ihre Angelegenheit ist noch nicht entschieden. Vielleicht geht ja alles vorbei. Und bitte, denken Sie nicht, daß wir Sie wirklich beschattet haben, so wie in früheren Zeiten. Sie haben ja selbst alles am Telefon Ihrer Frau erzählt.«

Plötzlich begriff ich, daß mein Gesprächspartner nicht wollte, daß ich schlecht von ihm dachte. Das rührte mich. Ich nahm meine neue Schweizer Uhr vom Nachttisch und streckte sie ihm hin.

»Ist das für mich?« fragte er lächelnd und nahm das Geschenk an.

Ich nickte und flüsterte mit letzter Kraft: »Hier drin geht sie nicht …«

»Das macht nichts«, beruhigte er mich. »Bei uns arbeiten so tolle Uhrmacher, die reparieren sie!«

Am Morgen des nächsten Tages starb ich. Die Autopsie ergab einen Infarkt des Herzmuskels. Die Leber war in Ordnung, wenn auch ein wenig vergrößert.

Meine Frau fand schnell eine gemeinsame Sprache mit der Witwe des Kandidaten, und Gott sei Dank beschlossen sie, mich am Stück zu bestatten.

Bei meiner Beerdigung versammelten sich viele mir unbekannte Leute. Es erklang die holde ukrainische Sprache. An meinem Grab wurde eine Versammlung abgehalten.

Auf der Marmortafel über meinem Grab wurden zwei Nachnamen eingemeißelt, so hatten sich die beiden Witwen geeinigt, und seit dieser Zeit werden immer frische Blumen an das Denkmal gebracht. Am Grab versammeln sich sympathische junge Leute und reden lange über die Zukunft der Ukraine.

Ich fühle mit ihnen, aber im Grunde habe ich mit der Sache nichts zu tun.

Und auch die Blumen sind nicht für mich, sondern für meine letzte Leber.

Bloß keine Höhenangst

1

Eines Abends hielt neben dem Hauptpostamt ein Lastwagen, hinter dem ein Kran herfuhr. Auf der Ladefläche des Lasters standen dicht an dicht lauter Telefonkabinen, und sogar im abendlichen Dämmerlicht konnte man erkennen, daß ihr Metallgestell schwarz lackiert und die Glasscheiben dunkel getönt waren. Zwei Arbeiter traten an den Laster heran und warteten auf etwas. Bald wurde klar, auf was. Der Lastkran fuhr seine eisernen Tatzen aus und bohrte sie in das Kopfsteinpflaster des Platzes. Dann schwenkte er herum, und die Eisenkrallen schwebten über der Ladefläche des Lasters.

Viktor saß auf dem marmornen Rand des Springbrunnens und nuckelte an einem Bier. Er hatte sich zwei Flaschen geholt, aber irgendwie rutschte der Inhalt heute nicht so recht die Kehle hinunter, obwohl der Tag heiß gewesen war und der Körper fast automatisch nach Bier verlangte. Auf dem

Turm, der Gewerkschaftsturm genannt wurde, zeigte die Adidas-Reklame zuerst 25 Grad Celsius an und dann schon 28–30 Grad Celsius.

Viktor wartete die neueste Anzeige auf dem Display des Gewerkschaftsturms ab und nahm einen entschlossenen letzten Schluck. Dann wandte er sich den Entladungsarbeiten des Lasters zu.

Schon bald waren zwei Kabinen auf dem Platz aufgestellt. Sie standen rechts vom Haupteingang des Postamtes, die Türen zeigten in Richtung des rechteckigen, mit Pflastersteinen eingefaßten Rasenstückes.

Ein Arbeiter war auf eine der Kabinen geklettert und hantierte mit den Leitungen, deren Isolationsröhren zum Himmel hinaufragten. Die Leitungen selbst führten zum Vordach des Haupteinganges und verschwanden dort in der Wand.

Als alles geregelt war, fuhr der Laster mit den noch nicht ausgeladenen Kabinen vom Platz, hinter ihm her, brav die eisernen Krallen eingezogen, tuckerte der Kran.

Viktor trat an die Kabinen heran. Sie rochen nach Metall und frischer Farbe. Er öffnete eine Tür, die leicht und lautlos nachgab. Vor Viktor prangte ein ungewöhnlicher Telefonautomat, offensichtlich ein westliches Fabrikat. Er streckte den Arm nach dem Hörer aus, führte ihn ans Ohr:

Sofort ertönte ein weiches, fast zärtliches, ein geradezu überirdisches Summen.

Seine Augen suchten die Öffnung für den Münzeinwurf, fanden aber keinen. Statt dessen entdeckte er einen Schlitz für eine Magnetkarte. Er trug eine Dauerkarte für die U-Bahn in der Tasche. Aus purer Neugier steckte er sie in den Schlitz, doch sofort leuchtete auf dem kleinen Monitor, in bestem Russisch, die Zeile auf: ›Sie haben sich geirrt, Ihre Karte ist für diesen Apparat nicht gültig.‹

›Gar nicht so blöd, das Ding‹, dachte Viktor, warf dem Telefon noch einen anerkennenden Blick zu und ging dann aus der Kabine.

Er hatte nichts weiter zu tun. Bier wollte er schon keines mehr, auf einen Besuch hatte ihn niemand eingeladen, und für irgendeine Nachtbar hatte er einfach kein Geld. Es blieb ihm nur der Weg in die Kujanowka-Straße, nach Hause. Er würde zu Fuß gehen, das würde ungefähr vierzig Minuten in Anspruch nehmen. Dann würde er vor dem Schlafen noch ein bißchen Garry Garrison lesen. Manchmal bewirkte dieses Lesen ganz wunderbare Alpträume, von denen Viktor sich bis zum Mittag kaum losreißen konnte. Aber manchmal hinterließ das Lesen auch keinerlei Spuren, und er stand morgens mit geradezu widerlich frischem Kopf auf.

Auf dem Platz war es jetzt voll. Die Leute, die

sich zu festen Kreisen zusammengerottet hatten, standen da und hörten ein paar jungen Gitarrespielern zu, die irgendwelche Lieder sangen, wobei sie einander gegenseitig nicht störten. Es war ein wunderbarer Abend.

Der Laster war inzwischen etwas weitergefahren, Richtung Stadion der Republik. Neben dem Laster hielt wieder der Kran.

Ein einsamer Obdachloser, der neben dem Zaun des Stadions geschlafen hatte, wachte auf und warf einen Blick auf die beiden Fahrzeuge. Er hob einen Apfel vom Asphalt auf, den wohl eine mitleidige Alte neben ihm hingelegt hatte. Schmatzend hieb er seine faulen Zähne hinein, wobei er offensichtlich die Härte des inländischen Obstes unterschätzt hatte.

Viktor ging die Große-Shitomirska-Straße entlang. Das Bier verlangsamte seine Schritte, aber seine Laune wurde besser, und er lächelte sich selbst zu. Er erinnerte sich daran, wie er vor ein paar Jahren fast jeden Abend Arm in Arm oder eng umschlungen hier mit Lena entlanggegangen war. Sie war seine Freundin aus Kindertagen gewesen und seine erste Liebe. Und praktisch seine Frau, denn Viktors Mutter, die vor kurzem gestorben war, hatte nie ein Wort gesagt, wenn sie sie morgens bei einer Tasse Kaffee am Küchentisch hatte sitzen sehen, mit fast nichts am Leibe. Jetzt trank er morgens seinen Kaffee immer in völliger Einsamkeit, und dieses Kaffeetrinken hatte weit weniger Sinn als Koffein. Überhaupt konnte man das Leben in Einsamkeit manchmal nur mit Bier oder Wein verschönern. Wodka trank Viktor nie – er hatte Angst, sich durch etwas Gepanschtes zu vergiften.

Neben ihm ging eine junge Frau mit einem Hund, im Vorbeigehen stieß der Hund Viktors Knie an und blieb stehen.

»Was ist denn los, Julie?!« sagte die langbeinige Blondine zu ihrem Hund. »Na, komm schon!«

›Sie hat Ähnlichkeit mit Lena‹, dachte Viktor und zuckte die Achseln. Denn Lena war keine Blondine gewesen, war nicht groß gewesen und hatte auch keinen Hund gehabt.

›Seltsam‹, dachte Viktor über seine eigenen Gedankengänge erstaunt.

Lena war im letzten Sommer von einem Auto überfahren worden. Sie hatte noch zwei Wochen bewußtlos im Krankenhaus gelegen, aber er hatte sie nicht mehr sehen können. Man hätte nur die Eltern zu ihr gelassen, aber die waren nicht gekommen. Die Eltern waren überhaupt seltsame Leute. Man hatte ihnen telefonisch mitgeteilt, daß Lena keinerlei Chance mehr habe, und so waren sie gar nicht erst gekommen. Sie hatten sich gefürchtet. Hatten den Anruf aus dem Krankenhaus abgewartet, der ihnen den Tod ihrer Tochter mitteilen würde. Dann machten sie viel Gewese um die Beerdigung und die Trauerfeier.

Lena war still und unauffällig gewesen, und vielleicht hatte sie Viktor gerade deswegen gefallen. Auch ihn beachtete nie jemand, und wenn sie zusammen daherkamen, sah auch zu ihnen beiden niemand hin, so als gäbe es sie überhaupt nicht. Darin lag eine gewisse Garantie für ihre Sicherheit. So war es Viktor jedenfalls vorgekommen. Aber dieses Gefühl wurde nach Lenas Tod schwächer. Obwohl, ein Gefühl der Gefahr kam auch nicht auf, es entstand einfach eine Leere um ihn her, und manchmal konnte er sogar die Grenze dieser Leere wahrnehmen, da, wo einfach die Luft begann. Er hatte keinerlei Zweifel, daß das seine eigene Leere war, sein Privatbesitz, der ihn aber nicht reich machte und den auch niemand sonst brauchte. Niemand brauchte diese Leere, außer Viktor, obwohl er auch nicht an sie dachte, sie nicht hütete. Sie war genauso unauffällig wie er selbst, so wie er auch zusammen mit Lena gewesen war. Auch dasselbe Sicherheitsgefühl bot ihm diese Leere – niemand würde sie ihm stehlen, weil sie nicht einmal bemerkt wurde.

So ging er mit seiner Leere dahin. Sie waren schon in der Artem-Straße angekommen, hatten den Lwower-Platz mit einigen Passanten hinter sich gelassen, die angesichts der Schaufenster der Kioske, die die verschiedensten Glücks- und Fröhlichkeitselixire anboten, über den Sinn des Lebens nachdachten.

Als Viktor und seine Leere an den Toren des Lukjanower Marktes angekommen waren, fuhr der Lastwagen mit den schwarzen Telefonkabinen vor. Viktor sah dem Laster nach, dann bog er in die Glyboschitzkaja-Straße ein. Bis zu seinem Haus waren es noch fünf Minuten zu Fuß.

2

Am nächsten Tag standen bereits an allen häufig frequentierten Stellen der Stadt die in der Sonne glänzenden, schwarzen Telefonkabinen. Sie standen ganz selbstbewußt da. Die gewöhnlichen gelben Kabäuschen sahen daneben wie ihre kleinen Brüder aus. Der Unterschied zwischen den beiden war in etwa so wie der zwischen einem Landstreicher und einem Aristokraten.

Viktor ging zu Fuß von der Lukjanow-Straße ins Zentrum. Dieser Spaziergang sollte, genau wie der Gang vom Zentrum nach Hause am vorherigen Abend, eine anregende Funktion haben. Beim Gehen wachte er etappenweise auf. Zuerst erwachte das Gehirn, die Gedanken beschleunigten ihren Rhythmus. Dann belebte sich der Körper, entledigte sich unauffällig seiner nächtlichen Trägheit.

In dem Moment, wenn er auf gleicher Höhe mit dem unlängst aufgestellten Denkmal der Fürstin Olga war, das im Volksmund ›Drei Portionen Eis‹ genannt wurde, kam Viktors Zustand völlig ins Gleichgewicht, und seine innere Uhr entsprach der äußeren, was bedeutete: zehn Uhr zwanzig am Morgen. Der Weg hinunter zum Chreschtschatik-Platz dauerte drei Minuten, aber am Ende des Weges, beim Geschäft ›Poesie‹, in dem Computer und Filme für Fotoapparate verkauft wurden, verstellte ihm ein schönes dunkelhaariges Mädchen in Shorts und einem superknappen T-Shirt den Weg. Sie hatte eine geöffnete Kartentasche mit durchsichtiger Oberseite aus Zelluloid bei sich und einen Kugelschreiber in der Hand.

Viktor gefiel es sogar, daß sie sich ihm in den Weg stellte – so konnte er in aller Ruhe betrachten, was sie sowieso vor niemandem versteckte: gut gewachsene Beine und überhaupt die ganze Figur, die Aufmerksamkeit in Form von Handlung verdiente.

»Darf ich Sie eine Minute stören?« fragte sie, Viktor mit ihren grünen Augen bezaubernd.

»Natürlich«, antwortete Viktor zuvorkommend.

»Telefonieren Sie oft?«

»Ja«, sagte Viktor.

»Auch ins Ausland?«

Viktor nickte, während er daran dachte, daß er vor kurzem seine Kusine in Weißrußland angerufen hatte.

»Dann habe ich gute Neuigkeiten für Sie«, sagte das Mädchen. »Sie können jetzt für internationale Gespräche zwei Drittel weniger bezahlen ... ich erkläre Ihnen gleich, wie Sie es machen müssen ...«

Dann fing das Mädchen an, etwas über die Plastikkarten einer neuen Telefonfirma zu erklären und über die zusätzlichen Möglichkeiten ... Aber Viktors Blick glitt von ihren grünen Augen zu ihren Apfelbrüsten, die durch das superenge T-Shirt betont wurden.

Er fand, daß das Mädchen Lena ähnelte. Sowohl was die Größe betraf als auch die Form ihrer Brust. Und auch ihre Beine waren genauso schön gewachsen wie Lenas. Nur daß Lena nie Shorts getragen hatte ... Sie hatte sich überhaupt ein bißchen grau angezogen, ziemlich unauffällig.

»Unsere Telefonapparate sind schon auf allen

Hauptstraßen und großen Plätzen der Stadt aufgestellt worden, und Sie sehen nie Schlangen davor stehen. Sie brauchen nur eine Magnetkarte zu kaufen, und eine billige gute Verbindung in die ganze Welt ist Ihnen garantiert...«

»Und was kostet diese Karte?« fragte Viktor.

»Für die erste Karte bekommen Sie einen Rabatt, deshalb kostet sie nur drei Millionen Karbowanzen. Für dieses Geld können Sie dreißig Minuten mit Europa sprechen oder zwanzig mit Amerika. Oder« – hier ging das Mädchen zu einem angenehmen Flüsterton über – »fünf Minuten mit der anderen Welt...«

Viktor sah wieder in ihre grünen Augen, und es kam ihm so vor, als sähe er in der Iris ihrer Augen irgendwelche magischen Plasmabewegungen.

»Ich habe jetzt keine drei Millionen«, sagte Viktor leicht verwirrt.

»Macht nichts«, sagte das Mädchen. »Ich sehe, daß Sie ein ehrlicher, hingebungsvoller Mensch sind. Ich glaube, wir sehen uns bald wieder. Aber jetzt entschuldigen Sie« – sie sah schon über seine Schulter jemand anderem entgegen, der denselben Weg zum Unabhängigkeitsplatz hinunterging wie vorhin Viktor. »Ich muß weiterarbeiten...«

Viktor nickte, warf ihr einen Abschiedsblick nach und ging weiter. Der Kreschtschatnik war schon voller Leute. Die Fotografen schauten sich eifrig nach allen Seiten um, immer auf der Suche nach jemandem, der sich vor dem Hintergrund der Stadt Kiew aufnehmen lassen wollte. Die Sonne stieg höher.

Die schwarzen Telefonkabinen mit den getönten Scheiben waren sehr elegant anzusehen, und man konnte sogar sagen, sie fügten sich gut ins architektonische Gesamtbild des Platzes ein. Der bronzene Erzengel thronte auf seiner Marmorsäule, und zu seinen Füßen wuselten, die Entfernung bis zu den wichtigsten Punkten der Stadt nachprüfend, die Touristen und die Einwohner der Stadt herum.

Als Viktor fünf Minuten auf dem Platz gesessen hatte, stand er auf und betrat die nächstliegende Telefonkabine. Wieder sah er den schönen Telefonapparat mit dem kleinen Monitor vor sich. Rechts von sich an der Innenwand bemerkte er eine lange Liste von Ländern und ihren Vorwahlen. Er betrachtete sie mit ausdruckslosem Blick, denn er hatte niemanden, den er anrufen konnte, weder in Norwegen noch in Malaysia. Am Schluß der Liste standen die Buchstaben A.W. und daneben ebenfalls eine Telefonnummer.

Auf diesen Buchstaben ließ Viktor seinen Blick ruhen, als Liebhaber von Denksportaufgaben und Kreuzworträtseln versuchte er die Chiffrierung zu verstehen. Er rief sich die verschiedenen Abkürzungen der Länder ins Gedächtnis: LVR – Libysche Volksrepublik, TRNZ – Türkische Republik Nordzypern ... Aber ihm fiel nichts ein, das A.W. ähnlich gewesen wäre. Doch plötzlich erinnerte er sich an die Worte des schwarzhaarigen, grünäugigen Mädchens in Shorts über die andere Welt. Das also war es: A.W. hieß ›Andere Welt‹.

Viktor überlegte. In der Anderen Welt hatte er viele Bekannte und Verwandte. Allerdings, ob das diese Andere Welt war? Und ob sie genau in der waren? Und wie sollte er sie suchen? Was für eine Telefonnummer hatten sie?

Viktor zuckte die Achseln und verließ die Kabine. Die Sonne stach ihm grell in die Augen, und am liebsten wäre er hinter das getönte Glas zurückgeflüchtet. Dort war es so gemütlich und ruhig.

Viktor ging über den Chreschtschatik in der Hoffnung auf ein zufälliges Treffen mit einem seiner alten Bekannten. Aber es begegnete ihm niemand, und nach fünfzehn Minuten kehrte er zum Springbrunnen zurück. Seine Gedanken waren jetzt ganz der Anderen Welt gewidmet.

Wenn man in diese Andere Welt anrufen konnte, dann existierte sie also. Es war zwar merkwürdig, daß man erst jetzt eine Telefonverbindung hergestellt hatte, doch auch dafür gab es sicher überzeugende Gründe: Der technische Fortschritt bewegt sich mit einer bestimmten Geschwindigkeit, und offensichtlich hatten die wissenschaftlichen Forschungen erst jetzt erlaubt, diese Verbindung herzustellen. Die Zeit von der Entdeckung einer Möglichkeit bis zu ihrer Realisierung war manchmal unglaublich lang. Vielleicht waren schon erste geglückte und auch mißglückte Experimente vor dreißig Jahren oder mehr durchgeführt worden. Und erst jetzt, mit der Einführung der entsprechenden Magnetkarte, konnte man direkt dorthin anrufen, in die Welt, die von unserer durch eine Mauer getrennt ist, die größer ist als die Chinesische und von längerer Dauer als die Berliner.

Viktor ging vom Springbrunnen bis zur Michailowska-Straße und blieb dort stehen. Er erblickte bei den Schaufenstern des Geschäftes ›Poesie‹ ebenjenes energische junge Mädchen. Sie schrieb etwas in ihre Arbeitsmappe. Sie war allein.

Viktor runzelte die Stirn, als er sie sah. Er wäre gern auf sie zugegangen und hätte noch einmal mit ihr gesprochen.

Das junge Mädchen wunderte sich nicht, als sie Viktor neben sich sah.

»Bis wieviel Uhr sind Sie hier?« fragte er.

»Wollen Sie mich zu etwas einladen?« meinte das Mädchen mit verschmitztem Lächeln.

»Nein«, sagte Viktor ganz ernst. »Ich möchte die Karte kaufen ... für drei Millionen ...«

Das Mädchen neigte den Kopf und sah ihm mit unverhohlenem Interesse in die Augen.

»Sie brauchen die Karte wirklich ...«, sagte sie sinnierend. »Aber Sie haben doch keine drei Millionen.«

»Ich werde sie auftreiben«, antwortete Viktor mit fester Stimme.

»Sie brauchen nicht zu suchen«, winkte das Mädchen mit ihrem Kugelschreiber ab, ohne die Augen von ihm zu wenden. »Ich schenke Ihnen eine ... Wenn Sie mich dafür zu einem Kaffee einladen ...«

Viktor schaute sie ungläubig an, aber auf ihrem Gesicht lag keinerlei Hinterlist. Im Gegenteil, in ihren Augen erschienen plötzlich traurige Fünkchen. Ihre Augen ›tankten‹ geradezu irgendwo aus ihrem Inneren Verständnis. Das schöne Grün ihrer Augen wechselte plötzlich zu smaragdfarbener Tiefe.

»Das war's für heute«, sagte sie. »Genug gearbeitet ... Also, laden Sie mich jetzt ein?«

»Gehen wir«, sagte er. »Hier nebenan ist ein Café ...«

»Ich möchte nicht ins Café«, meinte das Mädchen. »Haben Sie zu Hause denn keinen Kaffee?«

»Doch …«, sagte Viktor.

»Dann gehen wir lieber zu Ihnen«, bestimmte sie.

Sie gingen zu Fuß über die Lukjanow-Straße. Leicht und schweigend gingen sie nebeneinander her, wie alte Bekannte. Manchmal sah Viktor seine Begleiterin von der Seite an. Entgegenkommende warfen ihr so gierige Blicke zu, daß er selbst sich auch gern an ihrer Schönheit satt sehen wollte, wenn auch nur von der Seite. Und er sah sie so unauffällig wie möglich an, drehte kaum den Hals, sah nur mit einem Blick aus den äußersten Augenwinkeln auf ihre Brust, ihre Knie, auf ihre gerade römische Nase.

Diese Seitenblicke verschafften ihm ein merkwürdiges Vergnügen, solange er nicht begriff, daß sie wie zu dritt dahergingen und nicht wie zu zweit. Er, sie und seine Leere. Noch dazu ging seine Leere mitten zwischen ihnen und trennte sie.

Die Leere ging dahin, ohne seinen verzweifelten Blick von seinem Gesicht zu nehmen. Sie war erschrocken, fürchtete vielleicht, daß er sie gegen das Mädchen mit den tiefen smaragdfarbenen Augen eintauschen wollte, die so auffällig angezogen war, als wolle sie für ihre Figur Reklame machen. ›Er wird mich doch nicht eintauschen wollen?‹ dachte die Leere. ›Er wird doch nicht den stillen Frieden,

den er durch mich besitzt, eintauschen wollen für den nervenaufreibenden, zweifelhaften Besitz dieser Schönheit, die bereit ist, allen und niemandem zu gehören?‹

Viktor spürte die Gedanken seiner Leere. Er fühlte sich unbehaglich, und er sah jetzt nur nach vorn, ohne seine Begleiterin mit einem Blick zu streifen.

›Sie möchte einen Kaffee‹, dachte er, sich selbst rechtfertigend. ›Sie möchte nur einen Kaffee und schenkt mir dafür die Möglichkeit, Lena anzurufen … Nur einen Kaffee …‹ Hier brach Viktors Gedanke ab, er wurde durchschnitten von einem Zweifel, scharf wie ein Messer. ›Eine Tasse Kaffee?! Nein, das ist doch praktisch nichts … Und wegen einer Tasse Kaffee vierzig Minuten durch auspuffverpestete Innenstadtstraßen laufen, durch Lärm und Dreck? Irgendwas stimmt da nicht‹, dachte er. ›Vielleicht habe ich ihr einfach gefallen? Bloß weshalb? Weil ich so unauffällig bin?‹

›Sie sieht gut aus mit dir als Hintergrund‹, sagte ein Gedanke in ihm. ›Sie braucht überhaupt keinen Hintergrund, um gut auszusehen‹, sagte sofort ein zweiter, und Viktor nickte mechanisch.

»Waren Sie schon mal dort?« fragte plötzlich das Mädchen.

»Wo?«

»Dort, wohin Sie telefonieren wollen …«

»Nein …«

»Die Leute, die schon einmal wo waren, zieht es oft zurück. Sie verhalten sich irgendwie zu sentimental zu der Möglichkeit, dorthin zu telefonieren.«

»Haben Sie selbst schon mal dorthin telefoniert?«

»Nein«, gab das Mädchen zu. »Ich möchte nicht. Ich befürchte, zum falschen Zeitpunkt zu stören. Man weiß ja nicht, was für eine Zeitdifferenz sie dort haben …«

Viktor nickte.

»Aber fürchten Sie sich nicht, ich habe dort einfach keine wirklich nahestehenden Menschen. Wenn ich die hätte, würde ich sicher anders reden …«

Sie gingen in seine Wohnung, und traten sofort in die Küche. Viktor erstarrte über der Herdplatte, verfolgte mit sturem Blick den im türkischen Stieltöpfchen kochenden Kaffee. Das Mädchen setzte sich einfach an den Tisch und legte ihr Gesicht in die Handflächen, wobei sie sich mit den Ellbogen auf der Tischplatte abstützte. Ihre Pose kam Viktor gespielt häuslich vor.

Der Kaffee war fertig, und Viktor setzte sich zu dem Mädchen. Er schob ihr die Zuckerdose hin.

»Danke, ich mag nichts Süßes«, sagte sie. »Sagen Sie mir lieber, wen Sie anrufen wollen.«

Unerwartet für ihn selbst, erzählte Viktor plötzlich von Lena. Das Mädchen hörte aufmerksam zu, den Mund halb geöffnet. Der Kaffee vor ihr wurde kalt, aber sie wandte die tiefen smaragdgrünen Augen nicht von Viktor, als hätte sie sich selbst hypnotisiert.

Viktor redete und redete, und plötzlich erstarrte er mitten im Satz, er hielt den Atem an: Vor ihm saß Lena, ganz und gar seine Lena, unauffällig, bescheiden gekleidet, von einfachem, ungefährlichem Äußeren. Sie saßen so ein paar Minuten in völliger Stille. Dann hob Lena die Kaffeetasse an und führte sie zum Mund. Automatisch nahm Viktor ebenfalls seine Tasse in die Hand, aber sie war leer. Er verfolgte Lenas Bewegungen, erkannte sie in jeder noch so kleinen Geste, in der Art, wie sie den Zeigefinger durch die Henkelöffnung der Tasse schob. Er beobachtete sie, und sie trank Kaffee, als wenn nichts wäre, ohne ihn zu beachten, als wenn sie ganz allein am Tisch säße.

»Lena«, flüsterte Viktor.

Sie reagierte, hob die Augen, aber sie sah ihn nicht. Sie ließ einfach den Blick durch die Küche spazieren, und dann senkte sie betrübt wieder den Blick auf den Tisch vor sich.

Viktor wußte nicht, was tun. Ihm wurde plötzlich schwer ums Herz, es schnürte ihm die Kehle zu. Es kam ihm so vor, als müsse er gleich niesen, als wäre die Blütenstauballergie wieder da, die ihn in seiner Kindheit lange gequält hatte. Aber da war kein Blütenstaub, und er mußte doch niesen. Er schob vorsichtig den Hocker zurück, stand vom Tisch auf und ging in den Gang. Dann schloß er sich im Bad ein, nieste sich aus, und ebenso vorsichtig die Türen festhaltend, damit sie nicht zuknallten, kam er wieder in die Küche zurück.

Dort war niemand. Aber auf dem Tisch sah er zwei leere Kaffeetassen, die Zuckerdose und eine Magnetkarte, schwarz mit einem goldenen Querstreifen.

Er nahm die Karte in die Hand, betrachtete sie, dann sah er sich nach allen Seiten um. Es war merkwürdig, trotz all dem, was passiert war, breitete sich plötzlich Ruhe in seiner Seele aus. Geistesabwesend spülte er das Geschirr und wischte den Tisch ab. Die Karte steckte er in die Brieftasche.

Der blödsinnige Gedanke tauchte in ihm auf, daß diese Karte drei Millionen wert war. Doch löste dieser Gedanke außer einem verächtlichen Lächeln keinerlei Reaktion bei ihm aus.

3

Eines späten regnerischen Abends fand sich Viktor neben dem Hauptpostamt wieder. Es war, als wäre er erst dort zur Besinnung gekommen, mit einem geblümten Damenschirm über dem Kopf, neben den schwarzen Telefonkabinen, in deren Innerem schwache Lämpchen ein geheimnisvoll diffuses Licht verbreiteten. Er sah sich um: Der öde Platz glich einer Mondlandschaft. Die Brunnenkrater schwiegen, Marmor, Kopfsteinpflaster, Asphalt – alles hatte den matten Glanz eines noch nicht getrockneten Aquarells, das vom Pinsel eines pessimistischen Künstlers hätte stammen können.

Viktor betrat eine Kabine. Sanft schloß sich die Tür hinter ihm. Er nahm die Magnetkarte hervor und steckte sie in den Schlitz. Sofort blinkte auf dem Monitor die Schrift auf: WÄHLEN SIE JETZT DIE NUMMER. Viktor suchte auf der Liste an der Wand die Nummer für die Andere Welt. Er wählte, und daran anschließend wählte er die Fünf, die Nummer der Auskunft.

»Ja bitte?« erklang im Hörer eine sanfte Frauenstimme.

»Guten Abend«, sagte Viktor langsam. »Könnten Sie Lena Zawjalowa ans Telefon rufen?«

»Entschuldigen Sie«, antwortete die sanfte Stimme. »Das geht nicht so einfach. Haben Sie sie früher schon einmal angerufen?«

»Nein.«

»Und wann ist sie bei uns eingetreten?«

»Im September vierundneunzig.«

»Bitte bleiben Sie in der Kabine. Ich rufe Sie sofort zurück«, sagte die Frauenstimme, und dann erklang weit entfernt ein kurzes Tuten, leise und melodisch.

Viktor legte den Hörer auf. Er hörte dem Regen zu. Und er spürte, daß sein rechter Fuß naß geworden war. Sein Schuh mußte ein Loch haben. Es war merkwürdig, jedesmal, wenn Viktor neue Schuhe hatte, hatte der rechte, egal ob Stiefel oder Halbschuh, schon nach einem Monat ein ›Leck‹.

Viktor seufzte, sah auf seine Füße, und dann betrachtete er sorgfältig die Kabine. Er bemerkte unter dem Telefonapparat einen Haken und hängte seinen nassen Schirm daran auf. Links unten bemerkte er etwas Ungewöhnliches: Aus der Wand ragte horizontal ein kleiner Griff, der einer Türklinke ähnelte. Viktor zog daran, und es stellte sich heraus, daß das ein Sitz war, ein weichgepolstertes Viereck. Viktor ließ den Sitz ganz herunter und nahm Platz.

Wieder hörte er den Regen. Der Regen flüsterte etwas Zärtliches vor sich hin.

Das Telefon blieb stumm.

Viktor zog den rechten Schuh aus, streifte den nassen Socken ab. Er wrang ihn aus und zog ihn wieder an.

Mit der Hand befühlte er innen den ausgezogenen Schuh – die innere Sohle war vom Wasser aufgequollen. Er zog sie gerade heraus, als plötzlich das sanfte Klingeln des Telefons in der Kabine ertönte.

Viktor sprang auf und nahm den Hörer ab.

»Hallo«, sagte die ihm vertraute Frauenstimme. »Sind Sie noch da?«

»Ja.«

»Einen Moment, bitte!« bat die Stimme. Aber dann klickte etwas im Hörer, und nach einem kurzen weit entfernten Summton entstand eine angespannte Stille. Und dann drang durch diese Stille die ihm seit seiner Kindheit vertraute Stimme.

»Hallo? Wer ist da?« Lenas Stimme klang erstaunlich samtig und zärtlich.

»Ich bin's. Viktor.«

»Wie hast du mich bloß gefunden!« In ihrer Stimme schwang Freude mit. »Na, du machst Sachen!«

»Wie geht's dir dort?« fragte Viktor.

»Ganz gut, wie allen …«, sagte Lena. »Und dir?«

»Mir auch.«

»Siehst du, durch den Positionswechsel der Ziffern ändert sich die Quersumme nicht!« zitierte Lena ihren Lieblingssatz. »Und du, hast du an mich gedacht?«

»Ja, ich denke oft an dich.«

»Und was denkst du über mich? Erzähl mal! Ich bin neugierig.«

»Ich denke, daß du immer um mich bist, daß du mich immer von der Seite her beobachtest … Ich gehe immer noch zu Fuß nach Hause, weißt du noch, wie früher. Immer denselben Weg. Und manchmal spüre ich, daß wir zusammen gehen …«

»Erzähl weiter …«, bat Lena.

Und Viktor erzählte weiter und weiter. Bis plötzlich auf dem Monitor der Satz aufleuchtete: IHRE KARTE IST IN EINER MINUTE ABGELAUFEN.

»Lena, meine Zeit läuft ab … Wie kann ich dich erreichen?«

»Ich rufe dich selbst an, morgen um dieselbe Zeit. Warte einfach in der Kabine …«

Das Gespräch wurde unterbrochen. Viktor setzte sich wieder auf den Klappsitz und überlegte. Die kleine, aber völlig genügend ausgerüstete Welt der Telefonkabine erschien ihm auf häusliche Weise gemütlich. Er bemerkte, daß er den rechten Schuh immer noch nicht wieder angezogen hatte. Er steckte seinen feuchten Fuß hinein, band die nassen Schnürsenkel zu.

Er hatte keine Lust, die Kabine zu verlassen. Er öffnete die Tür einen Spaltbreit und sah zum Gewerkschaftsturm. Die Tafel zeigte zwei Uhr nachts und fünfzehn Grad Celsius an, danach die Adresse des Adidas-Ladens.

Viktor dachte, daß, selbst wenn er sich ein Paar Adidas-Turnschuhe kaufte, sogar die wohl einen Monat später rechts ein Loch hätten.

Als er noch eine Viertelstunde so dagesessen hatte, ging er zu Fuß nach Hause, und erst als er seine Wohnung betrat, fiel ihm ein, daß er seinen Schirm in der Telefonkabine vergessen hatte. Es war der Schirm seiner Mutter gewesen, und er hing sehr an ihm. Aber nur deswegen konnte er doch nicht wieder bis ins Zentrum gehen! Es war nur so gekommen, weil der Regen gegen zwei Uhr nachts schon aufgehört hatte.

4

In der nächsten Nacht riß das sanfte Klingeln des Telefons Viktor aus seinen Gedanken. Ohne vom Klappsitz in der Kabine aufzustehen, nahm er den Hörer ab.

»Viktor, bist du's?« fragte Lenas Stimme.

»Ja…«

Sie redeten wieder, aber jetzt schon viel länger – offensichtlich war es für Lena billiger anzurufen als für Viktor. Diese Andere Welt stellte sich für Viktor einfach wie ein anderer Planet dar, wo ein Leben existierte und wohin aus bisher ungeklärten Gründen Lena geraten war. Aber wenn es zu dieser Welt eine telefonische Verbindung gab, mußte es doch auch andere Arten der Verbindung geben …

»Ist dir nicht kalt?« fragte er plötzlich Lena.

»Ein bißchen«, gab Lena zu.

»Können wir uns nicht irgendwie treffen?« fragte Viktor vorsichtig. »Wenn es auch nur kurz wäre, bloß ein paar Minuten … Ich möchte dich so gern sehen …«

»Ich frage mal nach, und dann rufe ich dich an«, versprach Lena.

»Wann?«

»Komm zur selben Zeit wieder in die Kabine und warte, aber nicht lange, so etwa eine Stunde. Sowie ich etwas weiß und dir Bescheid sagen kann, rufe ich an.«

»Ich werde jede Nacht auf deinen Anruf warten«, versprach Viktor.

Auf der Straße war es wieder menschenleer und dunkel. Der Gewerkschaftsturm machte wie üblich für Adidas Reklame, aber zeigte aus irgendeinem Grund weder Zeit noch Lufttemperatur an –

offenbar hatte sich etwas verklemmt. Die Springbrunnen auf dem Platz schwiegen, ja der Platz selbst kam ihm versteinert und leblos vor, obwohl der matte Glanz des vor kurzem gefallenen Sprühregens dem unbeweglichen Bild wenigstens etwas Reales gab.

Als er nach Hause zurückkam, saß Viktor noch für einige Zeit im Sessel, knipste eine neben ihm liegende Taschenlampe an. Als er sich so im Kegel des gelben Lichtes befand, fühlte er seine Einsamkeit um so schärfer und verspürte wieder den Wunsch, sich mit Lena zu treffen. Für dieses Wiedersehen wäre er bereit gewesen, alles zu geben, was er besaß. Aber er besaß sowieso nicht viel: alte Möbel und ein paar Andenken von seiner Mutter; die Wohnung, in der er wohnte, gehörte ihm nicht wirklich – er hatte zwar vom Staat lebenslanges Wohnrecht erhalten, aber er konnte sie weder selbst kaufen noch verkaufen.

»Und ich werde sie trotzdem sehen!« dachte er dickköpfig, als wenn sich ihm jemand in den Weg stellen wollte.

5

Der Herbst kam mehr und mehr, färbte die Blätter, überzog die Stadt mit Regengüssen. Aber Viktor ging beharrlich, wie ein echter Wachsoldat, regelmäßig zum Hauptpostamt am Platz und saß zwei Stunden lang in der schwarzen Kabine. Er saß auf dem Klappsitz und dachte einfach über allerlei Kleinkram nach, der Kleinkram, aus dem sein Leben bestand. Das Telefon blieb stumm, aber Viktor war sicher, daß es sich eines Tages rühren und mit Lenas Stimme sprechen würde. Und dann würde es passieren. Im Vergleich dazu wären alle Kleinigkeiten, die sein Leben jetzt ausmachten, nichts als Staub und augenblicklich vergessen.

Es ging auf Ende Oktober zu, und dunkle Wolken schickten sich an, den ersten Schnee fallen zu lassen, der aber sicher nicht lange liegenbleiben würde. In der Telefonkabine war es kühl, aber Viktor, in Winterjacke und Skimütze gehüllt, fürchtete das Wetter nicht. Und seine Dickköpfigkeit wärmte ihn zusätzlich.

Unerwartet, völlig unerwartet, ertönte das Klingeln des Telefons.

Vor Überraschung erzitterte Viktor und verlor für einen Augenblick die Kontrolle über seine rechte Hand, die schon den Hörer hätte abnehmen müssen, aber aus irgendeinem Grund zögerte und im Abstand von ein paar Zentimetern anhielt, im Gelenk von einem nervösen Krampf geschüttelt. Viktor hörte noch einmal das Klingeln, und mit aller Willenskraft schaffte er es, daß die Hand sich seinem Wunsch fügte.

»Lena?« schnaufte er als erster in den Hörer.

»Grüß dich, Viktor!« antwortete ihre Stimme.

»Wie geht's dir?«

»Ganz gut ... Ich habe etwas herausbekommen ... Falls du's dir nicht anders überlegt hast ...«

»Nein, ich hab's mir nicht anders überlegt ... Ich habe so sehr auf deinen Anruf gewartet, all die Wochen ...«

»Dann hör zu: Nimm ein Ticket für den Flug Kiew–St. Petersburg, für den vierten November, aber es muß unbedingt dieser Flug sein. Und noch was, geh vorher bei meinen Eltern vorbei, laß dir meine warmen Wintersachen geben. Erinnerst du dich noch an meinen Lieblingspullover mit dem Bären?«

»Ja ... Aber wenn sie die Sachen weggeworfen haben?«

»Ach was, meine Mutter wirft doch nie etwas weg ...«

»Und was soll ich sagen?« fragte Viktor bekümmert.

»Na, denk dir etwas aus. Sag, zum Andenken oder so …«

»Und dann, in St. Petersburg, was soll ich da machen?«

»Entschuldige, ich kann nicht weitersprechen … verwechsle es nicht: der Flug am vierten November …« Schon ertönte ein leises schnelles Tuten.

Viktor hängte den Hörer auf. Er saß noch ein paar Minuten da, ließ sich das ganze gerade beendete Gespräch durch den Kopf gehen. Dann ging er hinaus. Langsam sanken die ersten Schneeflokken zur Erde. Zwei davon fielen auf Viktors Gesicht und tauten dort kühlend auf.

»Vierter November«, flüsterte Viktor vor sich hin.

6

Der vierte November kam schnell und leicht, als hätten die Wochen einzelne ihrer Tage auf einen Spaziergang geschickt, und auf den Dienstag folgte, als wenn nichts gewesen wäre, der Freitag. Alle Ereignisse, die seit dem Moment des letzten Gespräches mit Lena passiert waren und bis zum vierten November stattfinden würden, würden schon bald unter Gestern firmieren. Und wie viele Ereignisse waren das auch schon?

Er war zu Lenas Eltern gegangen. Ihre Mutter war nicht zu Hause gewesen, und der angetrunkene Vater hatte die Achseln gezuckt, ihn ins Zimmer geführt, den Schrank geöffnet und auf das Brett mit Lenas Kleidung gezeigt.

»Nimm dir zum Andenken, was du willst«, sagte er. Und als Viktor den Pullover mit dem olympischen Bären gefunden hatte und ein paar Wollpullover, an die er sich selbst erinnerte, fragte der Vater Viktor, ob er ihm nicht eine Million leihen könnte. Glücklicherweise hatte Viktor gerade Geld dabei – er hatte den goldenen Krimskrams der Mutter ins Pfandleihhaus gebracht, um sich das Flugticket kaufen zu können –, und als der Vater die knisternden Scheine in der Hand hielt, begleitete er ihn sehr höflich hinaus.

»Komm doch mal wieder!« sagte er. Viktor nickte.

Dann kaufte er sich an der Flugbetriebskasse am Siegesplatz ein Ticket nach St. Petersburg. Und schon kam der vierte November. Regen. Der Flughafen Borispol. Die Menge der Abholenden und die kleine Gruppe der Abreisenden, genauer gesagt, der Abfliegenden.

In der kurzen Warteschlange vor Viktor stand ein sympathisches, stupsnasiges junges Mädchen. Ein junger Bursche hatte ihr geholfen, ihre Sachen bis hierher zu tragen, aber jetzt ging er weg, und sie schob ihren Rucksack und zwei große Taschen allein weiter vor. Von ihren weizenblonden Haaren wehte ein süßlicher Duft, und Viktor hätte sich am liebsten so weit nach vorn gebückt, daß er sie fast mit der Nasenspitze berührt hätte. Es war etwas Verrücktes an diesem Geruch, das Viktor völlig in Bann zog. Aber jetzt, als das Mädchen die Bordkarte hatte, stieg es eilig und schon viel leichter die Treppe zum zweiten Stock hinauf, ganz ohne Gepäck.

»Raucher oder Nichtraucher?« wandte sich die Frau am Check-in wißbegierig an Viktor.

»Nichtraucher ...«, antwortete Viktor.

Der Drucker des Check-in-Computers füllte die Bordkarte aus. Die Frau gab sie Viktor. Dann warf sie einen Blick auf die Waage am Gepäckfließband.

»Und Sie ...?« Sie war leicht verwirrt, als habe sie das nötige Wort vergessen.

Viktor verstand, was sie meinte, und hob die Sporttasche hoch, in der Lenas Sachen waren.

»Kann ich die mit ins Flugzeug nehmen?«

Die Frau nickte.

Als er die Paßkontrolle passiert und noch einmal fünfzehn Minuten gewartet hatte, setzte er sich schließlich auf seinen Platz 6A im halbleeren Flugzeug. Das Mädchen mit den weizenblonden Haaren saß hinter ihm, was Viktor ein wenig betrübte.

Als das Flugzeug auf die Startbahn rollte, sah sich Viktor um und zählte im Flugzeug ganze zwölf Passagiere. Als er zählte, blieb sein Blick wieder an dem Mädchen mit den weizenblonden Haaren hängen.

›Was ist denn bloß mit mir los?‹ fragte sich Viktor unzufrieden, wandte das Gesicht nach vorn und schnallte sich an.

Das Flugzeug gewann schon an Höhe, und inzwischen informierte der Flugkapitän trocken über die Flughöhe, über die Innen- und Außentemperatur … Schließlich verlöschte die Leuchtschrift BITTE ANSCHNALLEN!, und Viktor spürte so etwas wie Freiheit und gleichzeitig auch weiterhin eine Anspannung, eine unerklärliche Nervosität. Etwas beunruhigte ihn, und die ganze Zeit versuchte sein Hals wie von selbst, sich um hundertachtzig Grad zu drehen, damit vor seinen Augen das winzige stupsnasige Mädchen erschiene.

›Was ist denn bloß mit mir los?‹ dachte Viktor erneut und schnalzte mißbilligend mit der Zunge.

Und plötzlich stand er auf und setzte sich auf den Sitz neben dem Mädchen.

»Entschuldigen Sie«, sagte er. »Ich wollte Sie nur fragen …«

Sie sah ihn erstaunt, aber zärtlich an, und das gab ihm mehr Mut.

»Dieser junge Mann, der Sie gebracht hat … Wer ist das?«

»Mein Bruder«, antwortete das Mädchen, und in ihren Augen blinkte ein Funken Neugier auf. Sie wartete offensichtlich auf eine Fortsetzung, noch weitere Fragen, aber Viktor schwieg plötzlich, saß nur neben ihr und sah nach vorn.

Es war ihm erstaunlich ruhig ums Herz geworden. Und er lächelte sich selbst zu.

Durch den Gang zwischen den Sitzreihen schob sich eine Stewardess mit ihrem Wagen, auf dem Plastiktassen, eine Kaffeekanne und eine Thermoskanne für Teewasser stand.

»Kaffee oder Tee?« fragte sie.

»Kaffee«, sagte Viktor.

»Und Sie?« lächelte die Stewardess dem Mädchen mit den weizenblonden Haaren zu.

»Auch einen Kaffee«, sagte das Mädchen weich, aber schon mit einer anderen, ihm schmerzhaft vertrauten Stimme.

Viktor drehte sich zu ihr um und erstarrte: Neben ihm saß Lena … Er wollte etwas sagen, aber es war, als ob ihm die Worte im Hals steckenblieben. Er sah sie an und schluckte.

Schließlich, als die Stewardess schon ihren Wagen auf dem Gang ein Stück weitergeschoben hatte, fühlte Viktor eine Erleichterung.

»Lena, bist du das?« fragte er.

»Jetzt ja …«, antwortete Lena.

Es verging noch einige Zeit, bis Viktor sich gefangen hatte. Er ließ gedankenverloren den Blick sinken, dann hob er ihn eilig wieder, als wollte er nachprüfen, ob die, die da neben ihm saß, auch wirklich Lena Zawjalowa war. Lena saß da und betrachtete ihn ruhig. Ihre Augen so lebendig und feucht, als wenn sie all ihre Gefühle darin konzentriert hätte, all ihre Sehnsucht und Freude.

»Ich habe da in der Tasche deinen Lieblingspullover … den mit dem Bären …«, sagte Viktor.

Sie nickte.

Durch den Gang kam wieder die Stewardess mit ihrem Wagen, diesmal schob sie ihn nicht, sondern zog ihn wieder zurück.

»Noch einen Kaffee?« fragte sie.

»Ja, bitte.« Viktor hob seine Tasse, und während die Stewardess sie füllte, wandte er sich an Lena und fragte: »Willst du auch noch?«

Sie nickte.

»Für sie, bitte, auch noch einen Kaffee«, sagte Viktor.

Die Stewardess sah auf den Sitz neben Viktor und dann wieder leicht verwundert zu Viktor.

»Ist sie rausgegangen?« fragte die Stewardess, in Richtung der Toilette nickend.

Viktor sah wieder zu Lena. Lena lächelte verschlagen und zuckte mit den schmalen Schultern.

»Sie sieht mich nicht«, sagte sie.

Viktor sah wieder zu der über ihn gebeugten Stewardess hin.

»Na gut, ich schenke ihr schon mal ein ...«, sagte die Stewardess. »Aber der Kaffee wird kalt werden ...«

Viktor hielt ihr Lenas Tasse hin und stellte sie dann, nun gefüllt, auf den Klapptisch.

Die Stewardess ging weg. Viktor sah Lena an, sie sah Viktor an. Und sie schwiegen.

»Und wieso sieht sie dich nicht?« fragte er schließlich.

Lena lächelte.

»Beim nächsten Mal wird sie auch dich nicht mehr sehen ...«, sagte sie leise.

»Wieso?«

»Für sie werden wir schon nicht mehr hier sein. Echte Liebe ist dem Tod sehr ähnlich: Du siehst nur den, den du liebst, und dich sieht auch nur der, der dich liebt ... Für die anderen gibt es dich nicht mehr, du existierst nicht mehr«, sagte Lena.

Sie saßen da und sahen einander an. Viktor legte seine Hand auf Lenas und fühlte ihre Wärme.

Über den Gang kam wieder die Stewardess. Als sie mit ihnen auf gleicher Höhe war, fragte Viktor – sei es, um Lenas Worte nachzuprüfen, sei es aus Übermut – ziemlich laut: »Und wieviel Grad beträgt die Außentemperatur jetzt?«

Aber die Stewardess ging vorbei, ohne sich umzudrehen.

»Sie hört dich nicht«, sagte Lena. »Und die Außentemperatur beträgt jetzt minus fünfzig Grad. Gib mir die Tasche mit meinem Pullover. Es wird langsam Zeit für uns zum Aussteigen.«

Forelle à la tendresse

I

»Laßt uns zu Dymitsch fahren!«

Mit diesem Ausruf fingen vor ein paar Jahren unsere Besuche im Restaurant ›Kasanow‹ an. Wir schoben uns gewöhnlich so gegen zehn Uhr abends in das Lokal, und als erstes überprüften wir, ob der Chefkoch mit seiner weißen, unglaublich hohen Mütze an seinem Platz war. Man sagte, daß seine Kochmütze jeden Tag frisch gestärkt wurde, und zwar von seiner Geliebten namens Vera, die aussah wie fünfundzwanzig; wie alt auch immer sie war, sie sah jedenfalls halb so alt aus wie er und hatte auch nur die Hälfte der Leibesfülle zu bieten, die unser Lieblingskoch aufwies.

Manchmal erwischten wir Vera auch im Restaurant selbst. Sie trug einen Minirock und immer einen enganliegenden grellfarbigen Pulli dazu. Über ihren runden Augen schwebten angeklebte lange Wimpern. Unter ihrem leicht nach oben gebogenen Näschen lag ein pfiffiges Lächeln.

Der Chefkoch hieß Dymitsch. Ich hatte immer gedacht, daß das eine Abkürzung für Dmitrijewitsch war, aber es stellte sich heraus, daß seine Freunde irgendwann einmal seinen Nachnamen, Nikodimow, verhunzt hatten, und so blieb er dann Dymitsch.

Ich erinnere mich noch genau, wie mich alte Bekannte ein Jahr zuvor erstmals in dieses Restaurant gebracht hatten. Sie hatten mich gleich zum Chefkoch persönlich geschleppt; als ob dieser Ort ein exklusiver kulinarischer Club wäre, in dem der Chefkoch selbst sein Okay dazu geben mußte, daß ein Neuer mitkam.

Dymitsch sah mich damals lange und scheinbar prüfend an, aber mir war klar, daß er in diesem Moment an etwas ganz anderes dachte. Ich war gerade in fröhlicher Stimmung und beschloß, ihn bei dieser seltsamen Gesichtskontrolle ein bißchen hochzunehmen. Ich streckte ihm die Hand hin und sagte ganz brav im Ton eines Erstkläßlers: »Wanja Solnyschkin.«

Er nickte und tauchte endlich aus seinen Gedanken auf: »Ich weiß, ich weiß«, sagte er. Dabei nickte er meinen Bekannten, die mich hergebracht hatten, anerkennend zu. Aber jetzt hat all das schon längst keine Bedeutung mehr …

Im ›Kasanow‹, das in einem kleinen Kellergebäude untergebracht war, einem ehemaligen Karate-Klub, konnten sich höchstens dreißig Leute gleichzeitig als Gourmets fühlen. Die kleinen Tische waren rund, genau richtig für drei Leute. Wir kamen meist zu viert oder fünft, und so hatten wir an zwei zusammengestellten Tischen nicht gerade üppig Platz. Aber sofort entstand ein Gefühl der Einheit und freundschaftlicher Verbundenheit. Aber das, was uns natürlich ganz besonders freute, war das Essen, von Dymitsch persönlich zubereitet. Den Worten meiner Freunde nach war er sein ganzes Leben als Chefkoch auf einem Dampfschiff unterwegs gewesen; und nicht nur auf irgendeinem, sondern auf der berühmten ›Admiral Nachimow‹. An Land gegangen sei er erst nach der letzten Fahrt dieses Schiffes, wobei er überall gut geschulte Nachfolger hinterlassen habe. An Land habe er zuerst an die zehn Odessaer Kneipen hinter sich lassen müssen, einige Restaurants mit billiger Kundschaft und ebenso billigen Besitzern, die kaum Grundschulbildung hatten und auf der Brust oder sonstwo einen Strauß von Gefängnistätowierungen. Nach dem Streit mit dem letzten Wirt hatte Dymitsch es für das beste gehalten, aus Odessa zu verschwinden. Und die, die Odessa verlassen haben nur wenige Reiseziele zur Auswahl: New York, Tel Aviv,

Moskau oder Kiew. Als Mensch, der sich schon dem Zenit seines Lebens näherte, wählte er die kürzeste dieser Routen: Odessa–Kiew.

Im ›Kasanow‹ bedienten zwei elegante junge Männer – Genja und Taras-Takis. Zuerst hatte ich gedacht, daß Takis der Familienname war. Aber dann stellte sich heraus, daß sich eine internationale Organisation Takis nannte, die die Ukraine wohltätig unterstützte. Und Taras hatte ein Stipendium ergattert, das ihm die Reise in die Staaten und die Teilnahme an einem Kongreß von Homosexuellen aus USA und Europa ermöglicht hatte. Allerdings konnte er damals schon keine Fremdsprachen, was sich bis heute nicht geändert hat, woraus ich schloß, daß die Homosexuellen wohl ihre eigene internationale Sprache haben, so eine Art Esperanto.

Dymitsch verhielt sich seinen Kellnern gegenüber geradezu rührend. Manchmal streichelte er ihnen väterlich über den Rücken oder die Schulter. Dabei wandte sich sein Blick um hundertachtzig Grad nach innen und seiner Vergangenheit zu, als wenn er selbst einmal schwul und zärtlich gewesen wäre und sich nun an diese Zeit mit rührend stiller Trauer erinnere.

Aber dann erschien Vera, und sein Blick wandte sich sofort wieder in die umgekehrte Richtung, kam ins Hier und Jetzt zurück, und er sah Genja und Taras-Takis schon gar nicht mehr. Die beiden Kellner flitzten in die Küche und überbrachten einen Zettel mit der Nummer des Tisches und der gewünschten Bestellung. Vera setzte sich in eine Ecke und sah zu, wie ihr Lieblingskoch in der von ihr eigenhändig gestärkten Kochmütze kulinarische Wunder schuf. Manchmal stellte er ihr einen kleinen Teller mit einer gerade gekochten Köstlichkeit auf den Schoß. Sie bekam sofort eine Dessertgabel – eine normale Gabel gab er ihr nie, offensichtlich wäre das in Gegensatz zu ihren winzigen Händen gestanden. Und da saß sie dann, wie ein Aschenbrödel, über das Tellerchen gebeugt, und aß mit ihrer kleinen Gabel eine Coqille St. Jacques oder etwas in der Art.

Und dann kam die Neuigkeit: Dymitsch war verschwunden! Wie? Seit wann? Das herauszufinden wurde natürlich mir als ehemaligem Privatdetektiv aufgetragen.

Das erste, was ich herausfand, war, daß Genja direkt nach Dymitschs Verschwinden mit einer schweren Form von Neuralgie ins Krankenhaus gekommen war. Am nächsten Tag hatten Vera und Taras-Takis ihn aber wieder abgeholt. Sie waren nun wieder zu dritt im Restaurant, nur daß Vera jetzt an Dymitschs Stelle kochte. Doch viele komplizierte Gerichte waren von der Karte gestrichen. Und auch die Atmosphäre hatte sich nicht zum Besseren geändert. Taras-Takis brachte den Gästen auf einem Tablett schweigend das Gewünschte, wobei er ein bekümmertes Gesicht machte, als sei er nicht Kellner, sondern Angestellter eines Bestattungsunternehmens. Vera sah ab und zu in die Gaststube herein, aber auch sie hatte keinen Glanz in den Augen. Und das, obwohl sie wie immer mit ihren künstlichen Wimpern klimperte und die runden Augen verdrehte. Miniröcke trug sie allerdings nicht mehr. Jetzt hatte sie lange enge Hosen an. Sie hatte sich eine extra hohe Kochmütze genäht und stärkte sie wie gewohnt; nur so hielt die Mütze die ihr zugedachte Form.

Früher hatte ich oft im Spaß mit ihr geflirtet, vor allem, wenn ich zwei oder drei Gläser guten Weines getrunken hatte. Und Vera war darauf eingegangen. Der Abstand zwischen uns hatte nie weniger als zwei Meter betragen, aber gegenseitige Neckereien, ein Lächeln und Augenzwinkern füllten diesen Abstand immer wieder aus. Es war wie der elektrische Funke zwischen zwei Kontakten einer Zündkerze. Manchmal hätte ich gern mehr mit ihr gesprochen, aber in solchen Momenten ließen mich meine Freunde nicht aus der Tischrunde weg. Sie wollten nicht, daß sich Dymitsch ärgerte wegen ein paar im Grunde harmloser Flirtspielchen mit seiner Kleinen.

Und nun, da sich der ›Verband der unabhängigen Chefköche der Ukraine‹ mit der bezahlten Bitte an mich gewandt hatte, das geheimnisvolle Verschwinden Dymitschs aufzuklären, fing ich natürlich mit der Arbeit an einem Tisch im ›Kasanow‹ an.

Taras-Takis brachte mir die Speisekarte, auf der viele mir bekannte Gerichte mit schwarzem Filzstift ausgestrichen waren. Es sah aus, als ob ein brutaler kulinarischer Zensor sich die Seiten vorgenommen hätte.

Ich bestellte eine Julienne mit Champignons und Taubenfleisch, ein Glas spanischen Weines und bat den einen Kellner, sich für einen Moment zu mir zu setzen. Er setzte sich, aber erst nachdem er die Bestellung in der Küche abgegeben hatte.

»Etwas weiß ich schon«, sagte er direkt zu mir. »Aber Sie sind ja schließlich nicht von der Miliz... Und überhaupt, in ein paar Tagen erfahren Sie sowieso alles... Sie müssen nur an allen diesen Tagen bei uns zu Abend essen. Und ich werde Ihnen jeweils raten, was Sie bestellen sollen.«

Nach diesen Worten stand er würdevoll auf und wandte sich einem älteren Gast zu, der sich gerade an den Tisch am Eingang gesetzt hatte.

Zwanzig Minuten später kam Vera aus der Küche. Sie brachte mir die Julienne und setzte sich kurz zu mir.

»Sie suchen Dymitsch?« fragte sie traurig seufzend. »Wenn Sie nichts dagegen haben, esse ich mit Ihnen zu Abend …«

Kurz darauf trat sie wieder an meinen Tisch, jetzt schon ohne Kochmütze und weiße Schürze. Sie stellte ein Tontöpfchen mit Hühnerragout und ein Glas Weißwein vor sich hin.

»Sie wissen doch etwas, Vera«, sagte ich leise.

»Wissen Sie, wie er mich immer nannte? ›Kleine Vera‹, nach dem Film …«, sagte sie versonnen lächelnd. »Ich bin ja auch wirklich klein und heiße tatsächlich Vera …«

»Wer hat ihn zuletzt gesehen?« fragte ich.

Sie sah mir in die Augen, und auf ihrem Gesicht blieb dabei der Ausdruck versonnenen Abschätzens.

»Wir haben ihn alle zuletzt gesehen, Sie auch … Er hatte sich nicht wohl gefühlt …«

»Aber was ist mit ihm passiert? Wohin ist er gegangen? Wieso sucht ihn die Miliz nicht? Wieso haben Sie keine Vermißtenanzeige aufgegeben?«

Vera zuckte die Achseln. Dann strich sie über die Wolle ihres roten Pullovers. Es war offensichtlich, daß ihr die Rolle des rätselhaft schweigenden Aschenbrödels besser gefiel als die der Scheherazade. Also wartete ich nicht weiter auf eine Antwort und machte mich an meine Julienne. Auf meiner Zunge zergingen Champignons und die Stückchen von Taubenfleisch, was sich übrigens nur wenig von Hühnerfleisch unterschied. Von Zeit zu Zeit knirschten ein paar Gewürze zwischen meinen Zähnen, wobei die Gewürze, oder wenigstens eines von ihnen, einen bemerkenswerten Geschmack hatten – die Säure von Zitrone mit einem Beigeschmack von Rauch, in dem ein englischer Bacon geräuchert worden war, dazu der leichte Vanillegeschmack von frischer Sahne. Ich überlegte sogar, wie es wohl kam, daß sich alle diese raffinierten Geschmacksnoten in etwas zwischen meinen Zähnen Knirschendem konzentrierten ...

»Wissen Sie«, sagte Vera plötzlich. »Dymitsch hatte schon von Kindheit an Angst vor Ärzten ... Man hatte ihm mit drei die Mandeln herausgenommen, und er wäre dabei um ein Haar am eigenen Blut erstickt ... Einmal hat er mir davon erzählt, dabei kamen ihm fast die Tränen ...«

»Sie haben gesagt, daß er krank war?« ging ich bereitwillig auf das Gespräch ein.

»Ich habe gesagt, daß er sich nicht ganz wohl fühlte«, korrigierte mich Vera.

»Und wo ist da der Unterschied?«

»Wenn man krank ist, hat man eine Krankheit«, erläuterte Vera. »Aber sich nicht wohl fühlen, das ist einfach so, mit dem ganzen Körper oder der Seele ...«

»Hatte er seelische Probleme?«

»Sie sind ja nicht gerade ein taktvoller Mensch«, meinte Vera und sah mich mit ihren runden Augen an. »Ich verstehe ehrlich gesagt gar nicht, wieso er so freundliche Gefühle Ihnen gegenüber hegte! Er kannte Sie ja fast gar nicht!«

»Wieso mir gegenüber?« Nun war es an mir, sich zu wundern. »Wie kommen Sie denn darauf?«

»Wegen seines Testaments ...«

»Er hat ein Testament hinterlassen?« Jetzt konnte ich wohl meine Freude schlecht verhehlen, denn das war schließlich ein Anhaltspunkt!

»Ja, er hat ein Testament gemacht«, sagte Vera traurig. »Und entsprechend dem Testament werden Sie in drei Tagen den weiteren Inhalt erfahren ...«

»Und wann hat er das geschrieben?«

»Vor einer Woche.«

»Das heißt also, daß er von seinem bevorstehenden Tod gewußt hat?«

»Jeder Mensch weiß, daß ihm sein Tod bevorsteht, und bei gut der Hälfte der Leute liegt ein Testament irgendwo in der Schublade.«

»Sie wollen damit sagen, daß er doch nicht tot ist? Wieso werde ich dann in drei Tagen den Inhalt seines Testaments erfahren? Wenn Sie bereit sind, es mir zu zeigen, heißt das doch, daß der Verfasser des Testaments nicht mehr unter den Lebenden ist?«

»Ja, wenn Sie so wollen. Aber unter den Toten ist er auch nicht...«

Ich hatte meine Suppe inzwischen zu Ende gegessen und vertiefte mich in Veras Augen. Ich suchte hinter den Pupillen oder auch daneben die Anzeichen einer Verrücktheit oder seelischen Verstörtheit.

Aber ihre Augen zeugten nur von konzentrierter Trauer.

»Und wo ist er dann? In der Intensivstation? Wie in dem berühmten Witz?«

»Wissen Sie«, sagte Vera plötzlich schwer seufzend. »Ich bin sehr erschöpft, und Ihre Ironie zieht mich noch mehr runter!«

Ich stand vom Tisch auf.

»Für das morgige Abendessen haben wir Ihnen den Ecktisch reserviert, den da hinten!« sagte sie. »Können Sie gegen sieben kommen?«

Ich verschluckte mich vor Überraschung, schluckte noch einmal und nickte. Sie ging weg und ließ mich im Zustand leichter Verblüffung zurück. Hatten die drei etwas abgesprochen? Hatten sie etwa beschlossen, auf meine Kosten die Finanzen des Restaurants zu sanieren?

Dieser Gedanke ließ mich innerlich aufhorchen, und ich rief Vera aus dem Vorraum und bat sie, mir eine vollständige Rechnung zu schreiben, damit ich die gesamte Summe vom ›Verband der unabhängigen Chefköche der Ukraine‹ später zurückfordern konnte. Schließlich hatte ich in ihrem Auftrag hier gegessen! Wenn es nach mir persönlich gegangen wäre, wäre ich bei McDonald's gelandet – keinerlei Raffinement, aber auch keinerlei Fragen. Und Köche gab es dort auch keine!

Als ich nach draußen auf die Wetrow-Straße trat, regnete es. Der Wind trieb den Regen in Richtung Bahnhof, und ich mußte die Tolstoj-Straße hinauf. Also wehte mir der Regen direkt ins Gesicht. Meine Augen waren schon ausgewaschen, meine Wangen naß. In der rechten Hand trug ich meine altmodische lederne Aktentasche, in der linken einen geschlossenen Schirm. Ich genierte mich, ihn zu öffnen, denn es fehlten zwei Speichen, nur in geschlossenem Zustand sah er halbwegs passabel aus. Noch über den Regen sinnierend, warf ich einen Blick auf meine Linke mit dem geschlossenen Schirm. Ich wurde mir seines absurden Gewichtes bewußt und warf ihn kurzerhand über den Zaun des Botanischen Gartens. Nun war mir gleich leichter. Oder wenigstens meiner linken Hand. Nichts Fremdes war mehr an ihr, denn mein

›Scheidungsring‹ am linken Ringfinger hatte schon längst seine goldene Fremdheit verloren, er war wie mit dem Finger verwachsen, und deshalb spürte ich ihn nicht mehr.

Es war schon ungefähr Mitternacht, als ich mir in meinem Badezimmer die Zähne putzte. Ich wienerte sie so blank wie früher in der Armee meine Gürtelschnalle. Es gibt nichts Angenehmeres, als mit dem Geschmack von wilder Frische im Mund einzuschlafen. Jedenfalls wenn man ganz allein einschläft. Ich spülte den Mund ein paarmal aus und spuckte das verbrauchte Wasser prustend ins Bekken. Doch irgend etwas zwang mich, immer noch einmal einen Schluck Wasser zu nehmen und ihn wieder im Mund hin und her zu wirbeln, ihn immer wieder vor und hinter die zusammengepreßten Zähne schiebend. So versuchten wohl die Wale den Plankton zwischen den Barten herauszufiltern. Ich ernähre mich aber nicht von Plankton, und so versuchte ich die störenden Teilchen loszuwerden. Schließlich entdeckte ich die Ursache meines Unbehagens: ein schwärzliches Sandkorn steckte zwischen meinen Zähnen. Um es herauszulösen, mußte ich zehn Zentimeter Zahnseide abschneiden. Nur damit gelang es mir, endgültig Ordnung in meinen Mund zu bringen, und nun, müde vom Kampf um Zahnhygiene und gesundes Zahnfleisch, war ich mehr zum Schlafen bereit als zu Zeiten des Sowjetenthusiasmus nach Arbeit und Landesverteidigung.

2

Am nächsten Morgen empfand ich die Einladung zum Abendessen ins ›Kasanow‹ schon als völlig normal, ja ich freute mich sogar darauf. Ein Blick in meinen Kühlschrank genügte, und jedes beliebige Abendessen außerhalb meiner Küche hatte etwas Verführerisches: Im obersten Fach lag, gut eingepackt in Wachspapier, der ausgetrocknete Schwanz einer geräucherten Makrele. Ins unterste Fach schaute man schon besser gar nicht hinein ... Das Singleleben hat seine Vorteile, aber sie sind sicherlich nicht kulinarischer Art. Nur darum, daß immer genug Kaffee und Tee im Hause war, kümmerte ich mich, wie es sich gehörte, alles andere war höchstens zufällig oder aus einer Laune heraus da. Ich erinnere mich noch, daß einmal eine Bekannte, eine junge Bankangestellte, öfters zu mir kam. Beim ersten Mal kam sie mit Schokolade. Beim zweiten Mal brachte sie schon eine Salami mit und ein frisches Stangenbrot. Aber leider hatte sie sich für mich genauso unerwartet erwärmt, wie sie sich dann auch wieder abkühlte. Ich hatte nicht einmal genug Zeit, herauszubekommen, was ihr denn an mir gefallen hatte. Hätte sie es mir nur gesagt, dann hätte ich vielleicht diesen, mir bis dahin unbekannten Zug, mehr herausgearbeitet, und, schwuppdiwupp, wäre das Junggesellenleben vielleicht zu Ende gewesen! Und ich müßte morgens nicht mehr so vorsichtig in den Kühlschrank schauen, so wie ich als Kind unters Kopfkissen geschaut hatte, um nachzusehen, ob der Weihnachtsmann mir nicht während des Schlafs etwas Schönes gebracht hätte.

Die Sonne schien an diesem Tag drei Stunden lang. Dann versteckte sie sich hinter den Wolken. Es war wieder windig, aber an diesem Tag wehte mir der Wind ausschließlich in den Rücken, als wolle er mich antreiben.

Um halb sieben war ich im Restaurant. Erst als ich schon über die Schwelle war, fiel mir ein, daß ich ja erst um sieben hätte kommen sollen. Eigentlich wäre ich bereit gewesen, einfach ein halbes Stündchen in Gedanken versunken dazusitzen, mich auf die Gespräche über Dymitsch einzustimmen, mir ein paar Kniffe einfallen zu lassen, um Vera oder einen der Kellner im Gespräch kalt zu erwischen, und aus ihnen die Wahrheit herauszuholen, die sie – da war ich ganz sicher – vollständig kannten. Sie beeilten sich bloß nicht, ihr Wissen mit mir zu teilen. Sie gaben sie in Restaurant-Portionen an mich ab, wobei sie jedes Bröckchen Information in eine Delikatesse verwandelten, von der man nur kosten darf, die man aber nicht ganz aufißt oder, bewahre, sich etwa daran satt ißt.

Ich wiederholte im Geiste alles, was mir am vergangenen Abend gelungen war, aus Vera herauszuholen. Die Hauptsache war natürlich das Testament. Aber das würde man mich erst in ein paar Tagen lesen lassen. Natürlich würde in dem Testament kaum stehen, was mit seinem Verfasser passiert war, woran und wann er gestorben war. Genau darauf mußte ich mich in allen eventuellen Gesprächen konzentrieren.

Die kleine Vera brachte mir die Speisekarte.

»Für Sie haben wir heute marinierte Nierchen mit Lauchgemüse, aber zuerst ein Tomaten-Pilz-Soufflé an Senfsauce. Möchten Sie einen Wodka dazu?«

Ich sah sie unaufdringlich von oben bis unten mit zärtlichem, fragendem Blick an.

»Na ja, hundert Gramm könnte nicht schaden«, sagte ich nickend, dann fügte ich meinem Blick ein Lächeln hinzu und fragte: »Und all diese Köstlichkeiten bereiten Sie nun zu?«

»Ja, ich. Aber denken Sie nicht, daß ich das freiwillig tue.«

Die Antwort erstaunte mich. Vera mußte schlukken. »Also, nicht, daß ich nicht mit Vergnügen ... Ich meine nur, daß nicht ich das Menü für Sie zusammengestellt habe.«

»Und wer dann? Man könnte fast meinen, daß es Dymitsch selbst war!«

»Stimmt. Er war es. Er hat selbst eines Abends aufgeschrieben, was wir Ihnen servieren sollen.«

»Was ist denn das? Etwa auch ein Letzter Wille des Verstorbenen?«

»Sie sollen nicht so über ihn sprechen!« tadelte Vera meinen sarkastischen Ton. »Ich gehe jetzt kochen, und Sie lesen lieber mal den Brief durch, den er mir einmal geschrieben hat!« Damit legte sie einen Umschlag vor mich auf den Tisch.

Als ich den Stempel genauer ansah, bemerkte ich, daß der Brief am 23. Januar 1991 von Odessa nach Woronesch geschickt worden war. Ich zog zwei Blätter dünnes Papier heraus, die von einer winzigen Schrift bedeckt waren. Ich seufzte vor innerem Unbehagen, das mich immer beim Lesen fremder Briefe befällt.

Liebe Nichte,

voller Verärgerung wird mir klar, daß ich zur Feier Deiner Volljährigkeit nicht kommen kann. Zu dieser Zeit werde ich irgendwo am Äquator die ausländischen Touristen bekochen. Aber ich hoffe, daß die sowjetische Post mich nicht im Stich läßt, und dann erwartet Dich in etwa einer Woche eine Überraschung. Ich packe jetzt für die Fahrt und rechne innerlich zusammen, wieviel Dummheiten ich in meinem Leben gemacht habe – es scheint eine chronische Gewohnheit zu sein. Die Dummheiten lasse ich hier, und auf die Fahrt versuche ich nur das Allernötigste mitzunehmen – und die schönen Erinnerungen. Dein Besuch vor kurzem ist eine der schönsten Erinnerungen, und sogar die Mißbilligung deiner Mutter, was meine Lebensweise betrifft, kann sie nicht verdüstern. Deine Mutter ist ein guter Mensch, aber einer, der immer alles richtig macht. (Ich bin auch ein guter Mensch, aber einer, der immer alles falsch macht.) Ich hoffe, sie ist nicht krank und kann dir ein fröhliches Geburtstagsfest ausrichten. Bis zum nächsten Sommer verspreche ich Euch eine Generalrenovierung, und dann habt Ihr hier bei mir immer ein Zimmer für die ganze Sommersaison. Und wenn Du beschließt, ohne Deine Mutter zu kommen, aber mit einem jungen Mann (zeig diesen Brief bloß nicht Tonja!), dann, bitte schön, bist Du hier auch willkommen, und ich garantiere Dir ein volles Alibi plus ›Begutachtung‹ des Verehrers. (Weißt Du, am besten verbrennst Du den Brief, nachdem Du ihn gelesen hast, sonst verstöre ich noch sämtliche Verwandte, und man läßt Dich nicht mehr zu mir!)

»Bitte sehr, Ihr Wodka!« sagte jemand über meinem Kopf und stellte eine kleine Karaffe und ein Gläschen vor mich hin. Die Karaffe wurde wie von Zauberhand in die Luft gehoben, füllte das Gläschen und ließ sich wieder daneben nieder. Ich nickte nur und steckte meine Nase wieder in den Brief.

Übrigens als mir Tonja in Deinem Beisein die Leviten las, hat sie ziemlich übertrieben. Wahrscheinlich, um bei Dir Eindruck zu schinden. Ich habe nicht fünf Ehefrauen mit Kindern verlassen. Ich hatte lediglich zwei offizielle Ehefrauen, und auch die habe ich im Guten verlassen und noch vor kurzem nachgeschaut, ob bei ihnen alles in Ordnung ist. Bei der letzten habe ich sogar persönlich Tapeten geklebt und Klempner gespielt. Also beurteile mich nicht allzu streng. Ich schreibe Dir bald wieder, ich suche die Insel mit den schönsten Briefmarken aus, und dann schreibe ich Dir ein Briefchen.

Ich umarme Dich,
Dein Onkel Sjowa

Ich schob den Brief in den Umschlag zurück und hob das Wodkaglas an die Lippen. Da fiel mein Blick auf ein Schälchen mit Oliven, das ich zuerst gar nicht bemerkt hatte. Ich trank den Wodka aus, warf zwei Oliven hinterher und überlegte. Ich sinnierte über den Brief. Warum hatte Vera mir den bloß zugeschoben? Noch dazu, wo er so persönlich war? Ach so, natürlich, alle dachten ja immer, daß sie Dymitschs Geliebte sei, und jetzt stellte sich heraus, daß sie die Nichte war. Aber vielleicht schloß das eine das andere nicht mal aus ... Doch da bemerkte ich, daß meine Beziehung zu Vera mit einemmal wärmer und zärtlicher geworden war. Geheimnisse vor der Mutter und die Freundschaft mit dem ›aus der Art geschlagenen‹ Verwandten, der Frauen und Kinder verlassen hatte und auf seinem Dampfschiff Richtung Äquator schwamm ...

Eine Art Eifersucht überfiel mich, ich beneidete sie, diese Vera. Meine Kindheit in einem Waisenhaus war geradlinig wie auf einer Trambahnschiene vom Start bis zur Endstation verlaufen. Dann hatte man mich mit einem braunen Pappkoffer ausgesetzt, in dem ordentlich gefaltet die ›Ausrüstung eines Entlassenen‹ lag: drei Paar graue Socken, drei Unterhosen mittlerer Größe, in die ich noch ein Gummiband einziehen mußte, eine gelbe Zelluloiddose mit Rasiersachen, obwohl ich mich noch gar nicht rasierte ... Na gut ... Ich seufzte, als ich für einen Moment aus meinen Kinderheimerinnerungen auftauchte. Und ich spürte, daß es mich wieder dort hinabzog, in diese Tiefe. Meine Zukunft war damals sehr unsicher gewesen. Als einziger der Jungen hatte ich nicht die Militärlaufbahn eingeschlagen. Ich – und da war ich wohl der einzige – hatte damals das Gefühl, gerade mit einer derartigen Anstalt abgeschlossen zu haben, und das reichte mir entschieden. Und so was nannte sich auch noch ›Kinderheim Kleine Sonne‹. Die ›kleine Sonne‹ war unser Direktor selbst, ein Ex-Feldwebel und Panzerfahrer der Einheit Kavallerie Grigorij Michailowitsch, oder wie wir sagten ›Grischmisch‹.

Ab einem bestimmten Moment wurde mir bewußt, daß ich im Restaurant saß und etwas Leckeres aß. Und daß ich es ganz allein aß. Ich schaute mich verstört um. Weder Genja noch Taras-Takis, noch Vera waren zu sehen. Und auch im Gastraum war nicht ein einziger Gast zu sehen. Dementsprechend war das Licht. Ohne die marinierten Nierchen aufgegessen zu haben, stand ich auf. Ich lauschte. Ich ging zum Ausgang, der zur Straße führte. Ich schaute hinaus und tat einen Schritt über die Schwelle. Als ich mich wieder umwandte, erblickte ich auf der Eingangstür ein Täfelchen: HEUTE GESCHLOSSENE GESELLSCHAFT.

Gedankenverloren ging ich an meinen Tisch zurück. Ich bemerkte, daß rechts schon ein fast leerer Teller stand, auf dem die Reste von etwas von mir Gegessenem lagen. Ach ja, das Tomaten-Pilz-Soufflé, wurde mir klar, und ich versuchte mich an seinen Geschmack zu erinnern. Aber es gelang mir nicht. Gut, daß die marinierten Nierchen noch nicht ganz aufgegessen waren. Denn sie waren wirklich köstlich. Irgend etwas erinnerte mich an das Gewürz des Vorabends, jedenfalls hatte ich eine Geschmackserinnerung, eine Geschmacksmetapher, ein Geschmackszitat, das mich in die Vergangenheit führte, in die entferntere und gleichzeitig in die näher zurückliegende.

Immer noch kam niemand heraus, um sich mit mir zu unterhalten, wenn man mal von Genja absah, der urplötzlich mit einem Tablett in der Hand auftauchte. Vor mir erschien eine Tasse Kaffee und ein kleiner Lebkuchen auf einem Tellerchen. Auf dem somit frei gewordenen Tablett trug Genja nun geschickt das schmutzige Geschirr und die leere Wodkakaraffe hinaus. Die Karaffe mit dem Blick verfolgend, ließ ich mich wieder in die Vergangenheit gleiten und nickte Genja nur flüchtig zu. Eigentlich hatte ich ihn noch etwas aufhalten wollen.

Doch da zog bereits der Lebkuchen meine Aufmerksamkeit auf sich. Es war ein sogenannter ›geprägter‹ Lebkuchen, der eine Art Halbrelief unter der Glasur hatte. Das Halbrelief war eine Darstellung von Wasnezows ›Die Ritter am Kreuzweg‹. Ich drehte ihn zwischen den Fingern hin und her und roch an ihm: Er war offensichtlich frisch gebacken. Einen Moment lang schloß ich die Augen – und sah sofort diese drei Ritter vor mir, nur in groß, auf dem berühmten Bild, das in der Halle unseres Kinderheims gehangen hatte. Jeder Hereinkommende prallte unweigerlich auf diese Kopie von Wasnezows Bild. Mit dem Lebkuchen in der Hand ging ich zur Tür, durch die der Kellner Genja verschwunden war. Ich öffnete die Tür einen Spaltbreit.

Genja saß auf einem Stuhl neben dem gewaltigen Herd und las in einem Buch.

»Entschuldigen Sie, aber wo ist Vera?« fragte ich.

»Vera hat sich nicht ganz wohl gefühlt und ist zum Friseur gegangen. Sie kommt bald wieder, Sie sollen warten … Möchten Sie einen Kognak?«

Ich nickte und kehrte zu meinem Tisch zurück. Der Kognak munterte mich auch nicht auf, eher machte er mich lethargisch.

Als Vera das Restaurant betrat, bat sie mich sofort, sie nach Hause zu begleiten. Ich durfte noch nicht mal für das Abendessen bezahlen. Als ich es auch nur andeutete, unterbrach sie mich sofort und sagte, daß ich hier noch oft genug essen würde.

Wir gingen langsam zum Petscherski-Platz. Sie hatte sich bei mir untergehakt. Ihr grauer Mantel mit silbrigem Fuchspelzbesatz verwandelte sie in eine kleine Maus. Die neue Frisur war von einem wollenen Orenburger Spitzentuch bedeckt.

»Sie hatten mir versprochen, heute abend über Dymitsch mit mir zu reden«, sagte ich.

»Ich habe schon mehr getan, als ich versprochen habe«, antwortete Vera ruhig. »Kommen Sie morgen wieder!«

Wir gingen schweigend weiter. Auf der Lipskaja-Straße bogen wir nach rechts ab. Neben einem grauen Gebäude, das wohl aus der Stalinzeit stammte, blieben wir stehen. Sie lächelte mich an, nickte mir zu und ging in die Eingangshalle.

3

Am nächsten Morgen wurde ich vom ›Verband der unabhängigen Chefköche der Ukraine‹ angerufen. Sie interessierten sich für die Ergebnisse meiner Recherche.

»Ich bin noch dran«, sagte ich. »Aber so in ein, zwei Tagen ist alles geklärt.«

Man muß zur Ehre des Anrufers sagen, daß er nicht weiter insistierte, er wünschte Erfolg und informierte mich, daß man mir einen Teil meines Honorars nach Hause geschickt habe.

Der Tag stellte sich als kühl und regnerisch heraus. Mit größtem Widerwillen ging ich Brot und Käse einkaufen. Dann wärmte ich mich lange bei einem Glas Tee. Ebenso widerwillig marschierte ich später, schon bei Dunkelheit, ins Restaurant ›Kasanow‹ zu meinem dritten ›Arbeitsessen‹.

An der Eingangstür des Restaurants hing immer noch das Schildchen HEUTE GESCHLOSSENE GESELLSCHAFT. Es schreckte mich nicht, denn schon am Vortag war mir klargeworden, daß sich dahinter mein Spezialmenü verbarg und daß die ›Geschlossene Gesellschaft‹ aus mir, dem Restaurantpersonal und dem toten Dymitsch bestand, der mir ein ganz bestimmtes Menü zugedacht hatte.

»Heute haben wir Lachsforelle à la tendresse«, sagte Taras-Takis zu mir, als ich mich gesetzt hatte. Er war heute abend angezogen, als wolle er ins Casino oder in einen Nachtclub gehen: teures, aber grellfarbiges Jackett mit Stehkragen, Smokinghose, dunkelblaue Fliege.

»Zur Forelle gibt es mexikanische Springbohnen

und eine Pastete aus Karotten. Dazu einen Chardonnay 1996. Als Vorspeise haben wir ein Entenei im Brotteig, gefüllt mit Wachteleiern, an Krabbenpaste mit schwarzem Kaviar. Ich sage Ihnen im Vertrauen, daß in den Brotteig gemahlene Seegurke gehört, aber das haben wir nirgends auftreiben können ... Das konnte Serverjan Valjerijewitsch auf einem Luxusliner natürlich gut aufschreiben, aber hier ... Sie verstehen schon ... Aber alles andere ist genau nach Vorschrift!«

»Genau nach Menüplan!« verbesserte ich.

»Wenn Sie so wollen, so kann man es auch sagen ...«

Taras-Takis verbeugte sich und entfernte sich besonders elegant, als ob ich das zu schätzen wüßte.

Wieder war mir die Atmosphäre einfach zu ruhig, und ich verlor mich erneut in Gedanken: Würde sich heute jemand mit mir über Dymitsch unterhalten oder nicht? In dem Moment öffnete sich die Restauranttür, und im Gehen den Schirm zusammenfaltend, betrat Genja den Raum. Er grüßte vernehmlich und huschte in die Küche. Drei Minuten später kam er wieder heraus, jetzt schon im Kellnerdress, und setzte sich neben mich.

»Sagen Sie, haben Sie Ihre Eltern geliebt?« fragte er mich.

»Ja, aber ich habe sie nicht gekannt … Ich bin in einem Kinderheim großgeworden.«

Auf Genjas schmalem Gesicht zeigte sich Verwunderung, dann tauchte plötzlich ein Blitz der Erleuchtung in seinem Blick auf, und sein Gesichtsausdruck beruhigte sich.

»Ich gehe Taras helfen«, sagte er und erhob sich graziös vom Tisch.

›Wo ist eigentlich die kleine Vera?‹ dachte ich, da ich mich in der Gesellschaft der zwei graziösen Kellner, die mir ganz offensichtlich nichts zu erzählen gedachten, nicht wohl fühlte.

Nach drei Minuten kamen die beiden Kellner an meinen Tisch. Einer entkorkte vor meinen Augen einen Chardonnay, der andere stellte drei Weingläser hin – das war ja schon mal ein gutes Zeichen. Also wollten sie sich doch endlich zu mir setzen.

Und das taten sie dann auch wirklich. Allerdings nippte Taras-Takis nur kurz an seinem Weinglas und rannte dann wieder in die Küche. Genja aber blieb.

»Hat Vera Ihnen was erzählt?« fragte er mit blinzelnden Äuglein.

»Über wen?« fragte ich verwundert. »Über Dymitsch?«

»Nein, überhaupt … über Dymitsch, und über das ganze Testament?«

»Ja und Sie selbst, wissen Sie denn nichts?« fragte ich ungläubig zurück. »Ich komme doch schließlich zu Ihnen hierher, um alles herauszufinden, was ihr wißt, aber Sie sind irgendwie nicht sehr mitteilsam ...«

Genja kräuselte bedauernd die dünnen Lippen.

»Nun ja, wir selbst ... wir wissen wenig. Es ist eher Vera ...«

»Dann habt ihr auch das Testament gar nicht gesehen?«

»Nein«, sagte Genja und sah mir dabei direkt in die Augen. »Sie hat uns nur das Menü für Sie gegeben. Das Menü hat auf jeden Fall Dymitsch zusammengestellt, auch wenn es mit Veras Handschrift geschrieben ist ...«

»Kann ich das Menü mal sehen?«

»Wieso?« fragte Genja verwundert. »Besser nicht ... Das würde Vera gar nicht gefallen ...«

»Haben Sie etwa Angst vor ihr?«

»Also, ich schau mal, was Taras macht ... Vielleicht braucht er Hilfe ...«

Genjas Wunsch, das Gespräch nicht fortzusetzen, war mehr als offensichtlich. Ich trank etwas von dem Wein, während ich die zwei unberührten anderen Weingläser ansah, die für die Kellner gewesen waren. Wenigstens war die Rangfolge in diesem Restaurant eindeutig klar.

Vera war nach dem Verschwinden oder auch Tod von Dymitsch de facto die Chefin, und die beiden, die wohl früher von Dymitsch ernährt wurden, fürchteten nun um ihren Platz und hatten allen Anschein nach auch Grund, sich um ihre Zukunft zu sorgen.

Taras brachte kurz darauf das gefüllte Gänseei und räumte die übrigen Gläser vom Tisch, wodurch er unterstrich, daß das Gespräch nicht fortgesetzt würde.

Ich machte mich an die Vorspeise. Der unerwartet pikante Geschmack ließ mich aus meinen Gedanken auftauchen. Ich aß achtsam, mit dem Interesse eines Wissenschaftlers, und versuchte alle Ingredienzien dieses Gerichtes herauszubekommen. Und plötzlich – da war sie wieder, meine Vergangenheit – tauchte das Gesicht meines Kinderheimfreundes Paschka auf. Das dümmliche Lächeln, die frechen Augen, die niedrige Stirn und eine unglaubliche Neugier, der Wunsch, alles auswendig zu lernen, was überhaupt nur geht. Vor allem interessierten ihn Zeichensysteme. In der fünften Klasse gestand er per Morsezeichen der dünnen Svetka seine Liebe. In der siebten Klasse bekam eine junge Lehrerin einen Brief, der in Braille-Schrift geschrieben war. Sie war Mitglied im Blindenverband, und offensichtlich las ihr einer der

Blinden den Brief laut vor, wonach sie Paschka vor der ganzen Klasse eine runterhaute. Wohin führte mich all das? Zum Problem des Zusammenpassens. Diese ausgefeilten kulinarischen Rezepte waren weit über Dymitschs Niveau, oder wenigstens oberhalb seines üblichen Standards. Selbst in seiner gestärkten Kochmütze war er doch eher ein Koch von deftigen und einfachen Gerichten, in Deutschland wäre er sicher der König der Würstchen und der fetten Beilagen gewesen, in Frankreich wäre er berühmt gewesen für seine elsässischen Schlachtplatten, in Sibirien für seine gutgefüllten Pelmeni. Aber marinierte Nierchen, Forelle à la tendresse, oder ein gefülltes Gänseei, in dessen Brotteig, zugegeben, die gemahlene Seegurke fehlte?

Das alles paßte einfach nicht zum Dymitsch. Ich glaubte übrigens immer noch nicht hundertprozentig an die Wahrheit seiner kulinarischen Seereisen auf einem Passagierschiff. Einen Bootsmann hätte man in ihm sehen können, aber einen Schiffskoch auf einem Dampfer, noch dazu Chefkoch eines Luxusliners – nein, das nun wirklich nicht. Aber wieso war mir Paschka aus dem Kinderheim in den Sinn gekommen? Seiner Fratze nach geurteilt, hätte man ihm auch nie etwas Kluges oder Gutes zugetraut.

Die Forelle war tatsächlich rosafarben, und die

mexikanische Springbohne erinnerte in Maß und Form an Walnußkerne. Hier war es mit den Geschmacksqualitäten schon einfacher. Nicht, daß es schlechter schmeckte, sondern nur einfacher auf der Geschmacksskala zu bestimmen. Der Geschmack von Forelle war für mich nichts Neues, obwohl man die Male, bei denen ich in meinem zweiunddreißigjährigen Leben eine Forelle verspeist hatte, an zwei Händen abzählen konnte.

Ich goß mir selbst Wein nach und wünschte mir selbst alles Gute für die Zukunft. Nur mit mir selbst anzustoßen wollte mir nicht so recht gelingen. Doch langsam ergriff mich eine versöhnliche Stimmung, ich brauchte anscheinend bereits keinen Gesprächspartner mehr und genoß sogar sein Fehlen. Doch dann wurde die Harmonie gestört.

Die kleine Vera betrat das Restaurant. Sie klappte ihren kleinen Regenschirm zusammen und legte ihn auf den Boden, den Mantel hängte sie am Garderobehaken auf. Darunter kam das strenge Kostümchen einer Geschäftsfrau zum Vorschein, das ihre nichtgeschäftlichen Vorzüge allerdings nur betonte. Sie kam zu mir.

»Schmeckt es?« fragte sie.

»Sehr gut.«

»Ich komme sofort wieder«, sagte Vera und ging in die Küche.

Hinter der geschlossenen Tür war ihre wohltönende Stimme zu hören. Etwas dumpfer klangen die Stimmen von Genja und Taras-Takis. Der Sprachmelodie nach hätte man meinen können, daß Vera das Gespräch dominierte.

Als sie sich schließlich zu mir setzte, seufzte sie tief und nickte.

»Hier ist einiges aus dem Ruder gelaufen«, flüsterte sie, wobei sie zur Küchentür schaute.

Nach ein paar Minuten, die in schweigender Erwartung vorübergingen, kam Taras-Takis mit einem Tablett herausgeeilt. Vor uns wurde je ein großer flacher Teller hingestellt, auf den ein raffiniertes Dessert wie hingemalt war. Pfefferminzblättchen, eine kandierte Sauerkirsche, an die ein paar Linien mit einer süßen, zähflüssigen roten Sauce angefügt waren. Und an der Seite der Komposition, die in ihrem Zentrum an unseren kleinen Planeten erinnerte, drehte sich nicht weit von der Erde entfernt, auf einer eiförmigen Umlaufbahn, eine große rosarote Kugel Apfelsinensorbet.

»Ein richtiges Mahl verspeist man zuerst mit den Augen«, sagte Vera, und in ihren Augen glomm ein romantischer Funke auf. Mir war klar, daß sie gerade eben Dymitsch zitiert hatte.

»Sind das Ihre Brüder?« fragte ich in Richtung der Küchentür nickend.

»Wie kommen Sie denn darauf?« fragte Vera verwundert.

Ich nahm einen kleinen Löffel voll Sorbet, ließ ihn auf der Zunge zergehen und spürte das schmelzend zarte Aroma.

»Ich wußte ja nicht, daß Sie die Nichte von Dymitsch sind... Deshalb frage ich, vielleicht ist ja das Ganze ein Familienbetrieb?«

»Es wird ein Familienbetrieb«, sagte Vera ruhig nickend. »Wenn diese beiden heiraten und Sie adoptieren...«

»Das finde ich überhaupt nicht witzig,« sagte ich mit entschiedenem Kopfschütteln.

»Jetzt sind Sie mal nicht beleidigt«, meinte Vera lächelnd. »Ich habe in den letzten Tagen so viel Nicht-Witziges gehört, daß mein Gefühl für Humor anscheinend gar nicht mehr zurückkommen will... Und Taras und Genja... Die sind ja anscheinend nicht mal schwul! Sie haben nur früher in einem Nachtklub für Schwule gearbeitet, und sie hatten den Job bloß bekommen, weil sie sich für schwul ausgegeben hatten. Und jetzt können sie nicht mehr anders. Scheint süchtig zu machen, das Getue!«

»Na, das ist ja kurios«, entfuhr es mir.

»Was ist kurios?«

»Sie sind offensichtlich doch nicht die Geliebte

von Dymitsch, die beiden sind doch nicht schwul! Bleibe bloß noch ich –« sagte ich lachend. »Wer bin dann also ich?«

Vera lachte mit den Augen.

»Das werden wir bald geklärt haben!« sagte sie im beruhigenden Ton eines guten Arztes. »Möchten Sie Kaffee? Oder lieber Tee?«

»Tee«, sagte ich.

4

Das vierte Abendessen erschien mir im Vergleich zum dritten einfach und deftig. Aber immerhin nannte sich der Hauptgang ›Kalbfleisch auf portugiesische Art mit Schweizer Rösti‹. Und Taras-Takis reichte dazu einen merkwürdigen Salat aus marinierten Gemüsen. Man hätte meinen können, daß dies ein fertiger Wintersalat aus dem Gemüsegeschäft um die Ecke wäre, wenn nicht ein paar Stücke frischer Mango und kleingehackte Pfefferkörner darin gewesen wären.

Ich begann mein einsames Abendessen mit einem kleinen finnischen Wodka, aber dann gesellte sich traditionsgemäß Vera zu mir. An diesem Abend, der mir die feierliche Eröffnung des Geheimnisses – oder die Enthüllung eines Verbrechens – bringen sollte, trug ich meinen besten Anzug, eine dunkelblaue Kordsamtkombination. Zum schwarzen Leinenhemd hatte ich ein schmales, im ukrainischen Folklorestil besticktes Halstuch herausgesucht, das ich nicht zu einem Knoten band – ich konnte das nicht ausstehen –, sondern einfach unter dem Hemdkragen um den Hals legte.

Auch Vera kam heute sehr flott daher: Sie hatte den bordeauxroten Minirock an, den sie früher immer getragen hatte, und dazu einen flauschigen rosafarbenen Pulli. Und erst die Frisur! Zum ersten Mal bemerkte ich, wie schön ihr Haar war. Auch wenn mir ihre Frisur leicht altmodisch erschien, so paßte sie doch zweifellos wunderbar zum Oval ihres Gesichtes: Die Haare waren sorgfältig hinter die Ohren gekämmt, doch ein paar Strähnen hatten sich wie zufällig losgerissen und klebten an den Wangen, was nur den durchdringenden Blick aus ihren geschminkten Augen unterstrich. Es war der Stil der dreißiger Jahre.

Vera teilte nur das Dessert mit mir, das sich – ähnlich dem übrigen Menü – heute nicht durch Raffinesse auszeichnete. Es war eine einfache *Crème brulé*, mit einer Kruste in der Farbe eines Cappuccino. Aber der Geschmack erfreute mich ausgesprochen. Ich hätte mich wohl noch länger an diesem Geschmack erfreut, wenn nicht in dem Moment aus der Küchentür ein mir völlig unbekannter Mann getreten wäre, der wohl so um die fünfzig war. Es war ein fast zwei Meter großer ungeschlachter Kerl im dunklen Anzug, mit weißem Hemd und langweiliger Krawatte. Er nickte Vera mit vorsichtig fragendem Blick zu. Sie wies ihm mit den Augen einen leeren Stuhl an unserem Tisch zu. Der Mann trug eine Lederaktentasche in der Hand. Er sah den Stuhl aufmerksam an, bevor er sich schließlich hinsetzte.

»Das ist Pjotr Arkadjewitsch Walzman«, stellte Vera den Hünen vor. »Er ist der zuständige Jurist für den Berufsverband der Köche.«

»Der Berufsverband der Köche?« fragte ich zurück. »Haben Sie etwas mit dem ›Verband der unabhängigen Chefköche der Ukraine‹ zu tun?«

»Nein«, sagte der Jurist trocken. »Wir haben mit denen nichts zu tun. Wir beschäftigen uns nicht mit Politik, sondern nur mit Kulinarischem.«

Aha! Mir ging ein Licht auf. Also beschäftigte sich der ›Verband der unabhängigen Chefköche der Ukraine‹ mit Politik!

Inzwischen öffnete der Jurist seine Mappe, zog einen transparenten Umschlag mit einem Dokument heraus. Dann sah er mich erwartungsvoll an, als sei nun ich an der Reihe, ein entsprechendes Gegendokument zu zücken.

»Sie führen hier einen Auftrag des Verbandes aus, wenn ich das richtig verstanden habe«, sagte er und leckte sich über die dicken Lippen. »Also das, was ich Ihnen jetzt mitteile und zeige, sind Sie nicht verpflichtet weiterzuleiten. Das betrifft eher Sie als Ihren Auftrag. Verstehen Sie?«

Ich nickte.

Der Jurist holte aus der Hülle ein dunkelblaues Formular mit Stempeln und den roten Ziffern einer Registrierungsnummer. Wieder sah er mich an. Dann fing er an vorzulesen:

»Ich vermache all meinen mobilen und immobilen Besitz, ebenso meine verwandtschaftlichen und anderen Beziehungen meinem einzigen Sohn, Iwan Wladimirowitsch Solnyschkin, genannt Wanja, unter der Bedingung, daß er bewußt oder unbewußt auf vier Mal verteilt meine Asche nach der Kremierung aufißt. Das Menü und die genaue Beschreibung der Proportionen der zuzubereitenden Gerichte überreiche ich im Beisein des Juristen Pjotr Arkadjewitsch Walzman persönlich meiner Nichte Vera Iwanowna Wolina, die ich beauftrage, meinen Letzten Willen auszuführen. Ich bitte meinen Sohn, Iwan Wladimirowitsch Solnyschkin, nach dem Aufessen meiner Asche meine Schuld als getilgt anzusehen und mir zu verzeihen, daß ich ihn so spät

gesucht habe, und bitte ihn, nicht schlecht über mich zu denken.

Jetzt quietschte die Küchentür, und Vera warf einen bösen Blick in Richtung Küche.

Auch der Jurist sah hin und räusperte sich. Aber dann kehrte sein Blick zu dem Testament zurück.

»Datum und Unterschrift«, las er zu Ende und drehte sich zu Vera um.

»Wurde der Letzte Wille des Verstorbenen vollständig ausgeführt?« fragte er.

Sie nickte und wandte den Blick zu mir.

»Was, ich bin sein Sohn?!« brach es aus mir heraus.

»Ja«, sagte Vera. »Dymitsch hat mir die Dokumente überlassen, die das bestätigen. Morgen zeige ich sie Ihnen …«

»Und … habe ich tatsächlich seine Asche gegessen?!«

Vera nickte. Der Jurist, der ihr Nicken genau beobachtet hatte, lächelte befriedigt und schob das Dokument in die Hülle zurück.

»Wanja«, sagte Vera plötzlich liebevoll. »Du mußt dich gut ausschlafen … Und morgen werden wir zusammen entscheiden, wie es weitergehen soll … Geh jetzt nach Hause!«

Draußen regnete es leicht. Ich hätte ein Taxi

nehmen sollen, dann wäre ich bereits zu Hause und hätte mich in der Badewanne aufgewärmt oder in der Küche einen Tee getrunken. Aber mir war so seltsam ums Herz. Ich schlurfte mit meinen besten Stiefeln durch die abendlichen Pfützen, und in meinem Kopf spulte sich immer derselbe Satz ab: ›Ich habe meinen Vater aufgefressen!‹

Erst nach Mitternacht kam ich zu Hause an. Ich nahm Regenmantel und Hut ab und ging in die Küche. Da traf es mich fast wie ein Schlag auf den Kopf: Ich wußte ja immer noch nicht, wie er gestorben war! Zwar hatte ich keine großen Hoffnungen, Vera noch im Restaurant zu erwischen, aber ich ging trotzdem zum Telefon. Und seltsamerweise war Vera noch dort.

»Woran er gestorben ist?« fragte sie ruhig nach.

»An Magenkrebs …«

Am nächsten Morgen, als ich mich schon auf den Weg ins Restaurant zu Vera machen wollte, zog ich einen länglichen Umschlag aus meinem Briefkasten. Der Absender war die ›Vereinigung der unabhängigen Chefköche der Ukraine‹. Im Umschlag befand sich eine schön geprägte Einladung zu einer Ausstellung der Errungenschaften der kulinarischen Künste mit dem wohltönenden Namen: ›Zehnjähriges Jubiläum der Unabhängigkeit der ukrainischen Kochkunst!‹ Die Ausstellung stand unter dem Patronat der Enkelin des ukrainischen Präsidenten …

Ich erstarrte. Die Einladung erinnerte mich daran, daß ich am Morgen etwas sehr Wichtiges vergessen hatte: Ich ging in die Wohnung zurück und machte mich daran, mir mit aller Sorgfalt die Zähne zu putzen.

Eine goldene Schere und drei Handvoll Schnee

1

»Meine liebe, meine schneeflockenzarte Mascha!« Er sah auf seine rothaarige Frau, sah auf den Schnee, und als er sich an ihren Haaren satt gesehen hatte, wanderte sein Blick zu ihrem Bauch, der so groß war, daß man hätte meinen können, sie erwarteten Zwillinge.

Aber sie erwarteten nur *ein* Kind. So hatte der Arzt wenigstens gesagt. Ob es ein Junge oder ein Mädchen würde, war noch ungewiß.

»Ich will einen Schnaps«, bat Mascha.

»Das darfst du jetzt nicht.«

»Und Tee mit Rum? Wanja, bitte!«

»Tee ohne Rum«, sagte Wanja mit der Entschiedenheit eines Arztes.

Sie seufzte und ließ den Kopf hängen.

»Na gut«, hauchten ihre Lippen fügsam.

Zwei so kurze Worte. Sie flogen in kleinen Dampfwölkchen aus ihrem Mund und zerstoben sofort in viele zur Erde schwebende Schneeflocken.

Die Straßenbeleuchtung konnte die verschneite Uferstraße nur noch schwach erhellen. Neben Wanja und Mascha gingen, vom Halbdunkel des fallenden Schneevorhangs verdeckt, Passanten vorbei. Doch die beiden standen unbeweglich da. Sie standen stumm da, bis Wanja, ein eher kleiner junger Mann in Felljacke und Kaninchenmütze, deren Ohrenklappen heruntergelassen waren, endlich kapitulierte.

Und dann führte er Mascha in ein Café. Es war gleich um die Ecke, klein und gemütlich, und in einem Sousol untergebracht. Vier Stufen führten nach unten. Drinnen war es warm und eng, wegen all der Felljacken und Pelzmäntel, die die Besucher über die Lehnen ihrer Stühle gehängt hatten.

Damit es Mascha nicht ganz so langweilig wurde, den Tee ohne Rum zu trinken, bestellte er für sich Rum ohne Tee. So würde sie wenigstens den Duft aufschnappen können und sie von den beunruhigenden Gedanken ablenken.

»Oh, er strampelt schon wieder«, sagte Mascha und faßte an ihren Bauch. Plötzlich drückte ihr Gesicht maximale Konzentration aus, als wenn sie in sich hineinhörte, zu dem, was in ihrem Inneren vorging.

»Heute sind es genau neun Monate«, sagte Mascha, während sie sich die Hände an der Teetasse wärmte. »Hast du dein Mobiltelefon dabei? Falls wir die Erste Hilfe rufen müssen…«

»Klar hab ich das dabei«, antwortete Wanja. »Das Handy und noch was…«

Er zog aus seinem Rucksack ein kleines Buch hervor und zeigte es ihr.

Der Titel des Buches rief bei ihr einen Lachanfall hervor, und der Lachanfall wiederum rief eine fröhliche Schaukelbewegung in ihrem Bauch hervor.

Das Buch hieß *Ratgeber für Hebammen*, aus der Serie *Do it yourself.*

»Meinst du das etwa im Ernst?« fragte sie.

»Hm«, nickte er. »Da ist alles ganz klar beschrieben. In Bildern, wie in einem Comic. Das nehmen, das machen…«

»Und wieso brauchst du das? Es gibt doch Ärzte!«

»Für alle Fälle. Wir können ja nicht ewig warten, bis unser Kleiner in die Hände spuckt und sich daranmacht, in die Freiheit zu krabbeln. Morgen ist Weihnachten! Und ich habe eine Überraschung für dich! Wir werden nämlich dort feiern, wo kein Arzt und keine Hebamme in der Nähe sind!«

2

Die grünen Arme der Tannen waren von Schneeärmeln überzogen, und deshalb kamen einem sogar die Tannen wie weiße, vielarmige Riesen vor. Sein Großvater hatte sie einst gesetzt, als er noch jung war, als beginnender Forstarbeiter. Jetzt war er ein alter pensionierter Förster, der beschlossen hatte, sein Jahrhundert dort zu beenden, wo er fast sein ganzes Leben verbracht hatte – im Wald bei Shitomir, unter dem Schutz seiner grünen Zöglinge.

Noch vor ein paar Wochen war er nicht sicher gewesen, ob er Weihnachten noch erleben würde. Die Krankheit hatte ihn überwältigt, und manchmal stellte sogar nur vom Bett aufzustehen und den Ofen neu anzufeuern eine fast unüberwindliche Schwierigkeit dar.

Aber unerwarteter Besuch zwang ihn dazu, all seine Kräfte zusammenzunehmen. Vor ein paar Tagen war sein Sohn Nikolaj den verschneiten Weg zu ihm herausgefahren, und mit ihm war seine fünfjährige Enkelin Alisa gekommen. Sie hatten ihm Geschenke gebracht, etwas zu essen und zu trinken. Um ihnen die Feiertage nicht zu verderben, hatte er kein Wort von seiner Krankheit gesagt.

Und seine Kinder waren, nachdem sie einmal

übernachtet hatten und ihm über die Feiertage die Enkelin Alisa und zwei Plastiktüten mit Lebensmitteln dagelassen hatten, selbst nach Ägypten aufgebrochen, um »sich zu erholen, und zwar wie es sich gehört, mal ohne Kinder«. Genau so hatte Nikolaj das gesagt.

So spazierte jetzt Alisa durch das große Holzhaus, in dem von einem Ofen nur zwei Zimmer und die Küche geheizt waren. Sie lief in Jeans und einem dicken selbstgestrickten dunkelblauen Pullover umher, fand schließlich irgendwelche Dosen, Schachteln und Schatullen und brachte das alles zum Großvater.

»Was ist da drin?« fragte sie und wies mit dem Kopf in Richtung der Kartons, die sie in ihren Armen trug.

»Da müßten Postkarten drin sein«, antwortete der alte Förster. »Von früher. Zum neuen Jahr und zu Weihnachten. Wenn wir nachher Tee trinken, dann können wir sie am Tisch anschauen.«

»Wieso hast du so eine schwache Stimme?«

»Ich bin krank«, gestand der Großvater.

»Wieso?«

»Man wird krank, um zu sterben«, erklärte der Großvater. »Man kann auch krank werden und wieder geheilt werden. Aber bei mir ist es dazu zu spät. Es geht nicht mehr.«

»Wieso? Es gibt doch eine Apotheke, oder das Krankenhaus.«

»Im Wald gibt es keine Apotheke und kein Krankenhaus. Der Wald ist selbst eine Apotheke. Aber eine Zauberapotheke. Man muß viel wissen, um sich im Wald kurieren zu können.«

»Aber ich weiß viel«, prahlte Alisa. »Sie haben uns im Kindergarten erzählt, daß im Wald gegen jede Krankheit ein Kraut wächst ...«

»Genau so ist es«, nickte der Großvater und setzte sich aufs Bett. »Aber bei meiner Krankheit kann nur ein Aufguß aus Schneeglöckchen helfen. Und bis die Schneeglöckchen da sind, dauert es bestimmt noch vier Monate, wenn nicht noch länger.«

»Wirklich?« meinte Alisa traurig. »Dann stirbst du also?«

»Ja, ja«, nickte der Großvater. »Aber du mußt keine Angst haben. Ich werde nicht sterben, solange du hier bist. Man stirbt nicht vor Kindern. Ich sterbe dann später, dann, wenn du schon wieder weg bist.«

Alisa schob sich den rotblonden Pony aus der Stirn und sah den Großvater mit zärtlichem Blick an. »Halt durch, bis die Schneeglöckchen da sind!« bat sie.

3

»Wohin? In die Geburtsklinik?« fragte der Taxifahrer vorsichtig, als er den Kofferraum des Autos öffnete.

»Nein«, meinte Wanja kopfschüttelnd. »Zuerst in die Vladimirstraße, wir nehmen noch jemanden mit. Und dann zum Shuljani-Flughafen.«

Drei Sporttaschen, prallgefüllt, als wären auch sie schwanger, nahmen fast den ganzen Kofferraum des alten Wolga ein. Der Taxifahrer setzte sich hinters Lenkrad. Wanja half Mascha beim Einsteigen. Er setzte sich neben sie auf den Rücksitz.

Petja erwartete sie schon, wobei er vor Kälte von einem Fuß auf den anderen trat. Er hielt zwei Plastiktüten in der Hand. Aus der einen ragte eine Champagnerflasche.

»Was kommt ihr denn so spät!« sagte er nach hinten, sowie er auf dem Vordersitz Platz genommen hatte. »Wie haben minus zehn Grad da draußen, und auf meiner Uhr ist es halb zehn! Jetzt gehen gleich sämtliche braven Soldaten zum Feiertagsbesäufnis, und alles ist zum Teufel!«

Petja zeigte dem Taxifahrer, wie er weiterfahren sollte. Die Scheibenwischer fegten Schnee von der Frontscheibe. Der Morgen war so grau wie der frühe Abend. Aber sie fühlten sich genauso leicht und unbeschwert wie die wirbelnden Schneeflocken. Die Welt spürte den Vorgeschmack von Weihnachten.

»Hier links und dann geradeaus, dem grünen Zaun entlang!« kommandierte Petja.

Er nahm sein Mobiltelefon heraus und wählte eine Nummer.

»Iwanitsch? Ich bin's! Wir kommen jetzt, sag den Soldaten, daß sie das Tor öffnen sollen!«

Das grüne Tor einer Militäranlage öffnete sich direkt vor dem heranfahrenden Taxi.

Hinter dem Tor stand ein rotgesichtiger Fähnrich, der ganz offensichtlich gerade vom Festtagstisch aufgestanden war. Er winkte freundlich.

Petja öffnete die Autotür und spähte hinaus.

»Wohin jetzt?« fragte er den Fähnrich.

»Fahrt mir hinterher!«

Das Taxi fuhr langsam hinter dem Fähnrich her. Es bog um die Ecke der Kaserne und fuhr durch ein weiteres geöffnetes Tor.

Dann stiegen alle aus. Wanja bezahlte den Taxifahrer, der Wolga wendete und fuhr langsam und vorsichtig, wie über ein Minenfeld, den Weg zurück.

»Na los!« sagte der Fähnrich zu Petja.

Petja zog aus seiner Jackentasche ein Bündel kleiner Dollarnoten. Er zählte dreihundert ab und streckte sie dem Soldaten hin.

Der Fähnrich winkte wieder und führte die Gäste weiter in das Labyrinth des geheimnisvollen Militärgeländes hinein.

Sie kamen auf einen quadratischen Vorplatz und hielten an. Hier roch es nach etwas Verbranntem, der Asphalt lag nackt und naß unter ihren Füßen.

»Da«, sagte der Fähnrich und zeigte mit dem Finger nach oben.

Alle legten gleichzeitig den Kopf in den Nacken und sahen ungefähr fünf Meter über dem Asphalt ein großes grünes Luftschiff mit der Aufschrift UdSSR und einem roten Stern auf der Seite.

»Wir haben es überprüft«, sagte der Fähnrich und nickte Petja zu, als wolle er mit seiner Antwort einer Frage zuvorkommen. »Es ist noch ganz heil und voll funktionstüchtig! Ist sechzig Jahre lang nach allen Regeln der Kunst gelagert worden, und jetzt: Nimm es, und flieg um die Welt! Die Systeme funktionieren noch. Nur der Höhenmesser hängt ein bißchen, man muß ab und zu mal dranklopfen. Jetzt rufe ich die Soldaten, damit sie das Ding herunterholen.«

Nach etwa fünf Minuten kam ein fröhlicher Haufen Soldaten angelaufen. Sie zogen an zwei Leinen, an denen das Luftschiff mit in den Boden eingegrabenen Haken verbunden war. So war das Gefährt mit diesem speziellen Landeplatz vertäut.

Das Luftschiff schwebte langsam herab, kam immer tiefer, bis die hölzerne Kabine, die etwa ein Viertel so groß war wie ein Tramwaggon, schließlich auf dem Asphalt aufsetzte.

Der Fähnrich öffnete eilig die Kabinentür und rief Petja, Wanja und Mascha herein.

»Da, seht«, sagte er und zeigte mit dem Finger auf einen Hebel. »Das ist der Regulator für die Verbrennung des Gases, zum Aufsteigen. Hebel nach links – ihr kommt runter, nach rechts – ihr steigt auf. Und das da ist der verflixte Höhenmesser! Schaut, jetzt zeigt er Null an, also funktioniert er jetzt! Das ist ein Radioempfänger. Keine Ahnung, wozu der da ist. Den haben wir nicht überprüft.«

Mascha sah sich um, und ihr wurde wieder mulmig. Wenn sie nicht gerade schwanger gewesen wäre, wäre sie sicherlich entzückt gewesen von dieser fliegenden Veranda mit holzgetäfeltem Boden und großen runden Fenstern. Sogar die kleine Tür hatte ein quadratisches Fensterchen oben, es kam einem wie ein Spielzeug vor, so niedlich war das alles.

»Na, und?« fragte Wanja und umarmte Mascha. »Ist das nicht irre?«

Mascha nickte zögerlich.

»Also, dann mal los! Gepäck rein!« kommandierte Petja. »Die Soldaten können das Ding nicht mehr lange runterhalten!«

»Wie wär's mit einem kleinen Schluck auf die Reise?« schlug der Fähnrich vor und zeigte ihnen einen Flachmann mit armenischem Kognak.

»Lieber später, auf die glückliche Landung!« sagte Petja schnell, während er schon die prallgepackten Sporttaschen in die Kabine warf.

Vom Himmel schwebten immer weitere Schneeflocken herab, und ein grünes Luftschiff schwebte ihnen entgegen. Aus den runden, großen Bullaugen und einem kleinen quadratischen Fensterchen in der Tür schien gelbliches Licht, das eine häusliche Atmosphäre verbreitete.

»Irgendwie ist mir ganz schön kalt«, meinte Wanja, aus einem Bullauge blickend, und rieb seine Handflächen kräftig gegeneinander.

»Mein Alter!« antwortete Petja daraufhin in ironischem Ton, »wenn wir jetzt schon anfangen, uns aufzuwärmen, dann wird uns in der Nacht erst richtig kalt. – Übrigens steht der Höhenmesser auf Null, und die Erde ist schon nicht mehr zu sehen!«

Mascha seufzte tief auf und setzte sich auf eine der prall vollgestopften Sporttaschen. Genau in der lag der zusammengerollte Schlafsack. Das Stehen fiel ihr schwer. Unruhe überfiel sie. Ihr Blick glitt zu Wanja, der sie ganz vergessen zu haben schien.

Wanja öffnete vorsichtig ein wenig die Kabinentür, so als wolle er hinausschauen. Sofort kam ein scharfer Luftzug auf, ein Cocktail aus kalter Luft und Schneeflocken wirbelte herein.

»Was ist denn mit dir los?« schrie Petja. »Spinnst du, oder was?!«

Aber die Tür war schon wieder geschlossen.

»Ich wollte bloß runterschauen«, gestand Wanja. »Mal einen Blick auf die Höhe werfen …«

In Maschas Bauch begann das Kleine wieder zu strampeln. Es schien, als würde es die Unruhe seiner Mutter übernehmen. Es stemmte sich mit beiden Beinchen in die innere Wand seines engen, aber warmen Zufluchtsortes. Mascha stützte die kleinen Stöße mit den Handflächen ab, sie spürte selbst die kleinste Bewegung des Kindes.

Ihre Hand streckte sich zur Nachbartasche, aus der das *Ratgeber für Hebammen* herausschaute. Der weiche Hochglanzumschlag des Buches flößte nicht gerade Vertrauen ein. Auf Seite drei war eine Liste all dessen abgedruckt, was man zur Geburt vorbereitet haben sollte. Ein paar Leintücher, weiße Waffel- und gewöhnliche Frotteehandtücher, fünf Liter destilliertes warmes Wasser, eine Schere, medizinischer Alkohol, ein Auffangbecken für die Plazenta, Babyhautcreme, eine Decke und eine Wäscheklammer.

›Eine Wäscheklammer?‹ wunderte sich Mascha. ›Wozu eine Wäscheklammer?‹

Sie blätterte weiter in dem Buch, erblickte erklärende Zeichnungen, es war eine Art Comiclehrbuch. Die gezeichnete Frau gebar ganz fröhlich. Da war schon das Köpfchen des Kleinen, das im Schoß der Mutter erschien. Und da waren ein paar Männerhände, die dem Kleinen halfen, sich ans Licht der Welt herauszuarbeiten. Da war die Nabelschnur, die von denselben Männerhänden durchgeschnitten wurde. Und da war auch die Wäscheklammer! Mit der Wäscheklammer wurde das Ende der Nabelschnur nahe am Baby abgebunden. Und das andere Ende? Das andere Ende führte zur Plazenta, die schon in einer gewöhnlichen Emailschüssel lag.

Maschas Unruhe verwandelte sich in eine fast kindliche Neugier. Sie legte das Buch zur Seite und hob den Blick zur Lampe, die von der Holzdecke der Kabine herunterleuchtete.

Dann sah sie auf ihre kleine Armbanduhr. Es ging langsam auf Mitternacht zu. Hinter den Bullaugen und den quadratischen Fensterchen fing ein Schneesturm zu heulen an. Oder vielleicht war es auch nur der Wind, dessen Bewegung von Millionen dicker, glitzernder Schneeflocken behindert wurde, und deshalb heulte und pfiff er so und jagte sie auseinander, um sich den Weg frei zu machen.

Petja und Wanja standen am Schaltpult. Wanja klopfte ab und zu auf den Höhenmesser, aber es half nicht. Der Zeiger stand immer noch auf Null.

»Na gut«, winkte Petja ab. »Dann machen wir uns mal an die Girlanden.«

Mascha beobachtete die beiden Freunde. Die holten aus der einen Sporttasche eine Spule mit einem elektrischen Kabel heraus, an dem jede Menge bunte Lämpchen hingen. Sie wickelten die Spule ab und spannten die Leuchtschnur kreuz und quer unter der Decke auf, entlang der Kabinenwände und auch diagonal. Dann verbanden sie das Kabelende mit einem Akkumulator, der in einer Schublade unter dem Schaltpult versteckt war. Augenblicklich wurde es im Luftschiff fröhlicher und feierlicher. Die bunten Lampen blinkten abwechselnd auf.

Das Kleine stemmte sich wieder mit den Beinchen gegen die Bauchwand, und Mascha spannte sich an, lehnte sich leicht nach vorn, als wolle sie ihren Bauch mit sich selbst bedecken. Dann aber, als ihr mit Schrecken bewußt wurde, daß sie das Kleine ersticken könnte, straffte sie die Schultern und lehnte sich wieder zurück. Sie spürte fast wie von weit her, wie in der warmen Tiefe ihres Körpers eine Wellenbewegung begann. Der Körper gab ihr ein Zeichen. Die Wellen rollten in ihr an ein unsichtbares Ufer, und jede neue Welle war stärker zu spüren als die vorhergegangene. Und sie verweilte länger an dem unsichtbaren Ufer.

Maschas Handflächen legten sich wie von selbst an den Bauch. Unter einer Hand strampelte wieder das Kleine. Es drehte sich in der mütterlichen Wärme – wie die Erde – um seine eigene Achse, drehte und wendete sich hin und her, versuchte einen Ausgang zu finden, oder versuchte mit seinen Bewegungen, diesen Ausgang zu schaffen.

Mascha hob den Kopf. »Ich glaube, die Wehen kommen!« sagte sie erschrocken.

Der Schreck sprang sofort auf Wanjas Gesicht über. Sein Blick fiel auf den Ratgeber, der aus der offenen Tasche ragte.

Er bückte sich, nahm ihn heraus und überflog eine der Seiten.

»Du sitzt ja auf dem Schlafsack!« sagte er plötzlich verständnislos. »Steh mal auf!«

Den Schlafsack entrollten sie und legten ihn an die Wand, gegenüber der Kabinentür. Und Mascha legte sich vorsichtig darauf. Der Holzplankenboden drückte sich mit seiner harten und ungemütlichen Oberfläche in ihren Rücken. Ein Schlafsack ist eben keine Matratze.

»Ich habe die Schere vergessen!« sagte Wanja bestürzt, als sein Blick wieder auf die geöffneten Seiten des Ratgebers zurückkehrte.

»Ich habe ein kleines Messer«, beruhigte ihn Petja.

»Da steht aber ›Schere‹!« beharrte Wanja.

»Ja und? Soll ich jetzt loslaufen und eine besorgen?« lästerte der Freund.

Mascha sah von unten her zu den zwei Freunden und dachte: ›Ich bin ja wohl völlig verrückt! Was tue ich hier bloß?! Wie konnte ich mich nur zu diesem Abenteuer überreden lassen?! Wenn ich doch wenigstens unten, in irgendeinem kleinen Krankenhaus gebären könnte, und nicht hier, in Anwesenheit zweier überdimensionaler Teenager, die sich mit einem Luftschiff vergnügen!«

»Habt ihr Schnaps?« fragte sie plötzlich.

»Ja spinnst du?« regte sich Wanja auf. »Du betrinkst dich, und dem da« – er sah auf ihren Bauch – »wird schlecht!«

»Entschuldige«, flüsterte Mascha, die sich selbst mit einemmal schuldig fühlte und Wanja als fürsorglichen Vater empfand.

»Wir haben alles, außer einer Schere!« sagte Wanja im beruhigenden Ton und beugte sich über Mascha. »Aber dafür haben wir ein Schweizer Taschenmesser. Also, hab keine Angst.«

Mascha nickte. Sie sagte sich innerlich ebenfalls: ›Keine Angst! Hörst du, hab keine Angst!‹ Und schon spürte sie wieder, wie sich das Baby im

Bauch drehte. Seine Bewegungen wurden jetzt heftiger. ›Und du, hab auch keine Angst!‹ flüsterte sie ihm in Gedanken zu.

4

Die Wehen kamen jetzt immer öfter. Petja stand mit dem Gesicht zum Höhenmesser, der sein ewiges ›Null‹ anzeigte. Wanjas Hände zitterten, und in seinen Händen zitterte das Buch, das ihm plötzlich völlig nutzlos vorkam. Hinter den Bullaugen und den quadratischen Fensterchen der Kabinentür heulte der Schneesturm und warf je eine Handvoll Schnee an die Bullaugen. Und plötzlich wischte eine Hand den Schneeschleier von der Außenseite des quadratischen Fensterchens an der Tür. Wanja meinte schon verrückt zu werden. Durch das Fensterchen sah jemand herein! Ein rosiges Gesicht drückte sich von der anderen Seite an die Scheibe, und unbekannte Augen erfaßten mit ihrem Blick das Geschehen.

Da klopfte auch schon jemand an die Kabinentür, und alle drei, auch die auf dem Schlafsack liegende Mascha, wandten sich um.

Wanja öffnete. Zwei Engel traten leicht und lautlos durch die Tür. Sie trugen weiße Anzüge und weiße, spitze Schuhe. Hinter ihren Rücken lugten kurze schneeweiße Flügelchen hervor. Der zweite schloß eilig die Tür hinter sich, und dann starrten sie auf Mascha und ihren Bauch.

»Das hätten wir grade noch mal geschafft«, sagte der erste Engel zum zweiten.

Ihre reinen Gesichter und unglaublich weiße Kleidung erinnerte Wanja an eine Versace-Reklame – oder war es Gucci? – aus einem Männerhochglanzmagazin.

Die beiden Engel beachteten Wanja und Petja gar nicht weiter. Sie gingen sofort vor Mascha in die Hocke.

»Und, wie geht es?« fragte der erste Engel und streichelte der jungen Frau fürsorglich über die dicken roten Locken. »Reg dich nicht auf! Das ist das wichtigste! Bring so viel Luft in die Lungen, wie du nur kannst, und atme dann langsam aus!«

Diese plötzliche engelhafte Ruhe übertrug sich auf Mascha, und sie sog die Lungen voll mit der frischen Luft, die direkt hinter den Engeln in die Kabine hereingeweht war. Sie atmete langsam aus, und spürte, wie in ihr etwas still zerplatzte. Und wieder bewegte sich das Kind.

»Wunderbar!« sagte der erste Engel.

Die Engel nahmen eigenhändig Handtücher und ein Leintuch aus der Tasche. Sie legten Mascha bequemer zurecht und halfen ihr, überflüssige Kleidungsstücke abzulegen.

»Hast du dich ein bißchen entspannt?« fragte der zweite Engel leise. »Dann atme jetzt wieder tief ein und aus!«

Die kühle sauerstoffgefüllte Luft kitzelte angenehm in der Lunge. Das Kleine bewegte sich. Es kam Mascha so vor, als sei außer diesen beiden Engeln niemand bei ihr. Sie kam sich vor wie im Paradies. Nur daß dieses Paradies ein besonderes war, ein irdisches, voller Schnee und Zärtlichkeit.

»Ja, ja, weiter so!« flüsterte der erste Engel. »Komm, nur noch ein bißchen!«

Mascha fiel das Pressen nun ganz leicht, und es war völlig schmerzlos, und dann fühlte sie, wie ihr geliebtes Kleines nach draußen strebte, um zum ersten Mal seine Mama anzusehen und um seine warme Festung gegen die Liebe in ihren Augen und Armen zu vertauschen.

»Ein kleiner Rotschopf!« seufzte der zweite Engel plötzlich auf.

Das gewohnte Gefühl des Gewichtes im Bauch war plötzlich verschwunden. Aber sie hatte auch an Kraft verloren. Und doch wollte sie sich so sehr auf die Ellenbogen stützen und dort hinuntersehen, unter ihren Bauch. Mascha hob den Kopf, aber sie sah nur die konzentrierten Gesichter der Engel.

»Wanja!« rief plötzlich einer der beiden.

Wanja wandte den Blick von Mascha zu dem Engel.

»Wo habt ihr das Wasser?«

»Das haben wir vergessen«, gestand Wanja.

»Schnell, nimm von dort« – er wies mit dem Kopf auf die Kabinentür – »drei Handvoll Schnee.«

Wanja ging zu der Tür. Nochmals sah er zu den Engeln, denn er verstand immer noch nicht, ob es sich hier um Traum oder Wirklichkeit handelte.

Er öffnete die kleine Tür einen Spaltbreit und schob die Hand hinaus. Dann wischte er schnell an der äußeren Seite der Scheibe entlang und fühlte, wie die Handfläche, die den an der Scheibe klebenden Schnee abkratzte, sich füllte.

So übergab er den Engeln drei Handvoll Schnee, eine nach der anderen.

Dann sah er auf den Armen des einen Engels das Neugeborene: Es war ein Junge mit am Köpfchen klebenden roten Haaren.

In der Hand des anderen Engels blitzte eine goldene Schere auf. Sie klickte leise, und dann rieb der Engel den Kleinen mit Schnee ab. Das Neugeborene wandte den Kopf, besah sich staunend die Welt, und dann fing es an zu weinen. Nicht laut und auch nicht klagend. Es war eher, wie wenn es jemanden riefe.

Der zweite Engel nahm eine Handvoll Schnee vom Holzboden und wusch damit das Kind. Dann formte er aus dem Schnee eine Kugel, ging spielerisch zur Tür, öffnete sie einen Spaltbreit und warf den Schneeball hinunter. Ein paar Dutzend Schneeflocken stoben in die Kabine.

Inzwischen wickelte der erste Engel den Kleinen in ein großes Frotteehandtuch und übergab ihn Mascha.

Sowie sie den Kleinen auch nur berührt hatte, kehrten ihre Kräfte zurück, und sie setzte sich vorsichtig auf.

»Einen Moment noch«, unterbrach sie der erste Engel. »Wir sind noch nicht ganz fertig!«

Er hob mit beiden Handflächen die rot bis weinrot schimmernde Plazenta auf, die ein kleines Schwänzchen hatte, die Nabelschnur, die durchtrennt worden war. Die Plazenta pulsierte sanft in den Händen des Engels, als wäre sie ein lebendiges Wesen. Wanja und Petja sahen sie mit vorsichtiger Neugier an.

Der Engel, der die Plazenta vorsichtig in der Hand hielt, stand auf und lächelte die beiden Freunde an.

»Das ist der Teig des Lebens«, sagte er, als hätte er ihre innere Frage hören können. »Wir sind alle aus ihm geformt! Und jetzt: Macht die Tür auf.«

Wanja stürzte als erster zur Kabinentür und öffnete sie. Der Engel trug die Plazenta auf seinen ausgestreckten Händen über die Schwelle und ließ sie los.

In den Bullaugen schimmerte ein rosafarbenes Licht auf, das sofort wieder verschwand.

Der Engel sah noch einige Sekunden lang nach unten, als wolle er diesen Stoff, aus dem alle Menschen geformt wurden, noch mit dem Blick begleiten. Dann wischte er von der Außenseite der Scheibe frischgefallenen Schnee zusammen und rieb sich damit die Hände ab.

»Nun ja«, sagte der andere Engel, und auf seinem Gesicht erschien ein sehr spezielles, gütiges Lächeln.

»Na, dann: Schöne Weihnachten euch allen!«

5

Alisa saß im gutgeheizten Wohnzimmer des Holzhauses an einem kleinen Fenster und sah in das zauberhafte, ein wenig furchteinflößende Halbdunkel hinaus. Die Uhr zeigte fünf Uhr abends. Der Förstersgroßvater versuchte, den alten Radioapparat zu reparieren.

»Opa, wozu brauchst du den?« fragte Alisa, als sie sich nach ihm umsah.

»Wenn ich es schaffe, ihn zu reparieren, dann hören wir, wie der Präsident uns schöne Weihnachten wünscht.«

»Und Weihnachtsgeschenke bringt er uns auch?« fragte das Mädchen.

»Nein, aber er verspricht wenigstens welche!« sagte der Großvater lächelnd.

Das kleine Mädchen zuckte die Achseln und ließ den Blick wieder zum Fenster zurückwandern. Und plötzlich sah sie, wie der Himmel sich rosarot färbte und ein großer grellrosafarbener Ball in den Wald plumpste, noch dazu ganz nahe bei ihrem Haus.

»Großvater! Hast du das gesehen?« Alisas überraschter Blick strahlte vor solchem Entzücken, daß der alte Mann sich sogar vom Tisch erhob und den auseinandergenommenen Radio ruhen ließ.

»Was ist dort?« fragte er aus dem Fenster sehend, hinter dem es tatsächlich heller geworden war.

»Opa, dort hat der liebe Gott Geschenke für uns abgeworfen! Ich renne schnell hin!«

Alisa riß sich vom Fenster los, sauste in den kalten, nicht beheizbaren Flur. Sie zog ihre Fuchsfelljacke an und lief auf den Hof hinaus. Sofort schlug ihr ein eiskalter Wind ins Gesicht, aber als der Wind bemerkte, daß er ein Kind vor sich hatte, wurde er schwächer und wehte schließlich in die entgegengesetzte Richtung. Das Mädchen lief über den knirschenden Schnee. Sie lief vorwärts, in Richtung des immer noch wahrnehmbaren rosaroten Schimmers. Ganz leicht lief sie dahin. Plötzlich bemerkte sie, daß mal rechts, mal links von ihr ein paar Hasen rannten, die auf denselben Lichtschimmer zuliefen, und dann kamen noch ein junges Reh und zwei Elche dazu. Aber das erstaunte sie nicht weiter, es lenkte sie lediglich ein bißchen ab.

Nach ungefähr drei Minuten blieb Alisa vor einer plötzlich aufgetauchten grünen Wiese stehen. Sie sah erstaunt unter ihre Füße, unter denen kein Schnee war. Rundherum wuchs Gras und blühten Schneeglöckchen.

»Die Blüten der Schneeglöckchen!« erinnerte sie sich sofort an die Worte ihres Großvaters und ging in die Hocke.

Sie sah sich um. Hinter ihr fraßen die Elche und das junge Reh Gras.

Die Handschuhe hatte Alisa im Häuschen vergessen, aber sie fror nicht an den Händen, nicht einmal als sie, die Wiese hinter sich lassend, fröhlich durch den Schnee schritt, zurück zu dem Holzhaus, in jeder Hand einen Strauß Schneeglöckchen.

Vor dem Häuschen blieb sie stehen und sah sich

an den quadratischen kleinen Fenstern satt, die gemütliches Licht von der Farbe eines Eidotters verströmten. Aus einem dieser Fensterchen hatte sie das merkwürdige rosafarbene Licht gesehen, das dem Wald ein Stück Frühling geschenkt hatte.

»Da, schau«, sagte Alisa und zeigte dem Großvater stolz ihre zwei Sträußchen. »Und jetzt mache ich dir einen Aufguß davon.«

6

In der Kabine des Luftschiffes erklang plötzlich das Weihnachtslied *Stille Nacht, heilige Nacht*. Die Klänge waren süßlich, ganz so, als kämen sie aus einer Spieldose, die mit Pralinen gefüllt war.

Der erste Engel zog aus seiner Jackentasche ein weißes Mobiltelefon und hob es ans Ohr.

Er sah zu seinem Co-Engel.

»Man erwartet uns in einem Flugzeug auf der Route Kiew–Berlin«, sagte er, und die Augen beider Engel leuchteten fröhlich auf.

Die Engel verabschiedeten sich von den Passagieren des Luftschiffes. Einen besonders warmen Blick schenkten sie dem rothaarigen Baby. Sie gingen hinaus, schlossen die Tür hinter sich, und – nachdem sie den Schnee von der Außenseite des kleinen Fensters gefegt hatten – sahen sie noch ein letztes Mal hinein.

›Wenn ich mal groß bin, werde ich auch Engel!‹ dachte das Neugeborene, als es die Gesichter der beiden Engel sah, die sich an dem Fensterchen die Nasen platt drückten.

›Lieber nicht‹, dachte seine Mama. ›Um ein Engel zu werden, muß man früh sterben.‹

›Wir haben ja den Champagner noch gar nicht aufgemacht!‹ dachte Wanja und ließ den Blick über den Boden schweifen, wo die Sporttaschen und Bündel lagen.

»Schaut mal!« rief Petja erstaunt. »Der Höhenmesser funktioniert jetzt!«

Wanja drehte sich nach dem Schaltpult um.

Der Höhenmesser zeigte 2004 an, doch die Vier zitterte und rutschte immer mehr nach oben, so daß an ihre Stelle nun eine Fünf trat.

»Ach ja«, sagte Wanja seufzend, und mit diesem Seufzer verließ ihn das letzte bißchen Anspannung. »Stellt euch bloß mal vor: Auf seinem Geburtsschein wird stehen: ›Geburtsort – 2005 Meter über Kiew!‹ Wir müssen ihm einen Namen geben! Wie wär's mit Viktor?« Wanja sah fragend zu seinem Freund.

»Mischenka«, flüsterte Mascha dem Baby zu. »Mischenka, mein goldiger Kleiner!«

Ihr Blick fiel plötzlich auf eine goldene Schere, die neben ihr auf dem Holzboden lag.

»Oje!« sagte sie. »Sie haben ihre Schere vergessen!«

»Wenn sie sie vergessen haben, dann werden sie wiederkommen«, sagte Wanja achselzuckend. Und wenn sie nicht zurückkommen, dann ist es ein Weihnachtsgeschenk für den Kleinen!«

7

Der Teekessel, der auf dem Ofen stand, ließ aus dem Schnabel eine Dampfsäule aufsteigen. Alisa nahm ihr den Deckel ab und warf die zwei Sträußchen Schneeglöckchen hinein.

In der kleinen Küche roch es sofort nach Vanille. Nachdem sie den Kessel noch ein bißchen auf der Herdplatte hatte kochen lassen, füllte Alisa einen Krug mit dem Sud und brachte ihn dem alten Mann.

Der Alte wandte sich noch einmal von dem Radioempfänger ab, er lächelte. Um seine treusorgende Enkelin nicht zu beleidigen, trank er etwas von dem heißen Aufguß und wollte den Krug dann zur Seite stellen. Aber seine Finger gehorchten ihm plötzlich nicht, und wieder erschien ihm der Krug vor dem Mund. Der Großvater trank den Aufguß ganz aus, und er wunderte sich über sich selbst. Sein Körper fühlte sich plötzlich viel munterer an. Er stand vom Tisch auf, teilte die Luft mit den Armen und horchte in seine alten Gelenke hinein. Er fühlte weder Schmerzen noch Schwäche.

»Mein Gott!« seufzte er und wandte sich Alisa zu. Seine Augen brannten vor Jugend, Dankbarkeit und Erstaunen.

8

»Aber wo ist es denn jetzt?« fragte der erste Engel aufgeregt, drehte den Kopf nach oben und suchte die endlosen himmlischen Weiten nach den Blinklichtern des Flugzeugs ab.

Der zweite Engel atmete auf und ließ den Blick nach unten wandern. Da sah er drei funkelnde Lichter.

»Da, da ist es!« zeigte er seinem Co-Engel mit dem Finger die Richtung. »Gleich sind wir da!« Und schon flogen sie los.

Aber die Weihnachtsnacht dauerte an bis zum frühen Morgen und schüttete Schnee und Glück über der Erde aus.

Die Denkmäler der russischen Kultur

Die Badewanne stand auf hohen rostigen Beinen. Die hatte Max angeschweißt. Der wohnte in der Nachbarschaft auf einem Autofriedhof. In den letzten fünf Jahren hatte er in einer Schweißerei gearbeitet. Und jetzt, dank dieser angeschweißten Beine, konnte man direkt unter der Badewanne ein Feuer entfachen. Nach etwa einer halben Stunde hatte sich das Wasser auf eine für den Körper angenehme Temperatur aufgeheizt.

Nachdem er noch einen Armvoll Feuerholz unter die Wanne auf die Glut geworfen hatte, stieg Miron in die Wanne, tauchte unter – schließlich hatte er eimerweise Wasser aus einem nahegelegenen See herangeschleppt – und kam dann schnaubend wieder an die Oberfläche. Stolz sah er sich um.

Hier war sein Königreich. Hier war er der Hausherr, so wie Max auf seinem Autofriedhof. Aber Miron war sicher, daß Max ihn insgeheim beneidete. Autofriedhöfe gab es im Land viele, von einem zweiten Klavierfriedhof dagegen hatte er noch nie etwas gehört.

Sie lagen auf dem nackten Boden. Schwarze, weiße, beige. Manche waren angeschlagen und zerkratzt, aber sie hatten immer noch etwas von ihrer früheren Erhabenheit.

Donnerstagmittag um zwei war hier traditioneller Badetreff. Davon wußte natürlich außer Miron und Max niemand.

Zwei Uhr war schon vor zehn Minuten gewesen. In zwanzig Minuten würde Max kommen. Er würde Miron den Rücken schrubben, dann würde er ihn bitten, sich doch nicht allzusehr zu waschen, denn er, Max, müsse ja schließlich im selben Wasser baden.

Miron sog viel Luft ein, hielt sich die Nasenlöcher zu und tauchte nochmals unter.

Er wollte sich an etwas Schönes aus der Vergangenheit erinnern. Die f-Moll-Sonate von Bach kam ihm in den Sinn. Er lauschte in sich hinein.

Auf dem weißen Steinway-Flügel, der jetzt ohne Beine auf dem Bauch neben seiner kleinen Scheune lag, hatte einmal Prokofiew gespielt.

»Na und?!« hatte Max gefragt, als er dies einmal von Miron hörte.

Aber was kann man von Max auch schon wollen. Er war schließlich ein Deutscher. Ein Ex-DDR-Deutscher. War gekommen, um sich die Perestroika anzusehen – und geblieben.

Er liebte Goethe und lernte Russisch, um Puschkin im Original lesen zu können. Er hatte es perfekt gelernt, Puschkin tatsächlich im Original gelesen – und war enttäuscht gewesen.

Miron fühlte, wie sein Herzschlag immer träger wurde. Er hätte allmählich aus dem Wasser gemußt, aber er wollte einfach nicht.

Als Kind hatte ihn ein Film mit dem Titel *Der Amphibienmensch* tief beeindruckt.

Schließlich kletterte er doch heraus. Er wickelte sich in ein Handtuch und sah unter die Wanne – die Holzscheite glühten noch.

Der Herbst ließ die Erde kahl werden.

Seine alte Armeeuhr zeigte halb drei. Max war immer noch nicht da. Das war merkwürdig – denn schließlich war das einzig Deutsche an Max nur noch seine Pünktlichkeit.

Die Sonate in f-Moll ging zu Ende, und es wurde still.

›Bloß gut, daß Max ein Deutscher ist!‹ dachte Miron. ›Wenn er Russe wäre, dann hätte er sich schon längst dem Suff ergeben.‹

Hinter einer gefiederten Wolke schaute die Sonne hervor. Ein nicht sehr hoher Zaun und ein paar Ahornbäume und Pappeln, die hinter der kleinen Scheune wuchsen, warfen einen Schatten.

›Ich war noch nie so glücklich‹, dachte Miron

und wunderte sich selbst, woher bloß dieser dumme und völlig verlogene Gedanke kam, als wenn jemand in seinem Inneren säße und versuchte, ihn zu betrügen. ›Ich war noch nie …‹

Jetzt klappte es schon besser. Man mußte den Gedanken nur rechtzeitig abstoppen, dann kam doch noch was Brauchbares heraus …

Ich war noch nie. Ich war noch nie dort. Ich war noch nie dort, wo ich glücklich war.

Das war auch nicht ganz richtig.

Die Beine der Flügel, in die zierliche Schmuckrillen geschnitzt waren, lagen auf einem Extraplatz – sie nahmen eine ganze Ecke der kleinen Scheune ein.

Miron hatte sie eigenhändig abgeschraubt. Max half nur, die stolzen Instrumente auf die Seite zu wälzen.

Jetzt lagen sie mit ihrem hölzernen Bauch auf der kalten Erde.

Anfangs hatte Miron versucht, sie in einer gewissen Ordnung nebeneinanderzulegen, aber schon bald gab er auf. Die Instrumente wogen zuviel, und sie hochzuwuchten und in Reihen hinzulegen war ein mühevolles und doch sinnloses Unterfangen.

Bei dem weißen Steinway, auf dem einst Prokofiew gespielt hatte, gingen noch zwei Tasten: das d-Moll der unteren Oktaven und das reine F der oberen. Es klang nicht mehr ganz gut, es klirrte ein wenig, aber Miron drückte sie doch manchmal.

Wie oft hatte er Max schon vorgeschlagen, ihm das Klavierspielen beizubringen. Aber der Deutsche liebte nur seinen Goethe.

Das Feuer ging langsam aus – das wußte Miron, ohne nachzusehen. Das Wasser wurde langsam kühler. Ein normaler Mensch hätte das nicht bemerkt, es war nur ein paar Zehntel Grad kälter …

Und Max war immer noch nicht da.

Miron wollte nicht schlecht von dem Deutschen denken, aber die Uhr zeigte bereits Viertel vor drei. Mirons Rücken war noch nicht geschrubbt, das Feuer verlöschte allmählich. Die Sonne versteckte sich wieder hinter den Wolken. Ein weiteres gelbes Blatt schwebte langsam vom Ahornbaum herunter.

Miron war immer froh über seinen kleinen Wuchs gewesen. Wenn er in der Wanne untertauchte, ragte kein einziger Körperteil aus dem Wasser.

Morgen würde man noch zwei Flügel bringen. Von irgendwoher aus Sibirien. Wie viele tausend Kilometer weit man die herschleppen mußte!

Mit etwas Anstrengung könnte man aus all diesen eleganten musikalischen Kästen ein einziges funktionierendes Instrument zusammenbauen, bei dem höchstens zwei oder drei Tasten stumm bleiben würden. Aber dafür müßte man sich wirklich anstrengen. Miron dachte ernsthaft darüber nach und stellte im Geiste schon ein Verzeichnis der Töne zusammen, die mechanisch gesehen noch am Leben waren und die man aus ihrem jetzigen Aufenthaltsort herausnehmen und irgendwo zusammenstellen müßte, vielleicht sogar in jenem legendären Steinway-Flügel. Das wäre eine höhere Mission, es könnte eine Lebensaufgabe für Miron sein.

Träume, nichts als Träume …

Wenn wenigstens die Badewanne nicht wäre, wenn man nicht Feuerholz sammeln müßte (und wie oft war Miron schon in Versuchung gewesen, die Beine der Flügel zu verbrennen!) … Wenn man aus dem Alltag alles Überflüssige, alles nicht unbedingt Notwendige entfernen könnte – ja wieviel Zeit würde dann für Höheres frei.

Und Max war immer noch nicht da. Die Wassertemperatur fiel nun um mehr als ein Grad. Na, wenn dieser Deutsche endlich auftauchte, dem würde Miron aber was erzählen! Und keinerlei Entschuldigungen würde er gelten lassen!

Miron stand auf, indem er sich am Fuß der Wanne festhielt. Die Herbstluft war immer noch warm. Der Weite um ihn herum gab ihm das Gefühl von Freiheit. Es drängte einen geradezu, tief durchzuatmen und sich frei und stolz zu fühlen.

Er trat auf den Boden, zog sich den baumwollenen Bademantel über, warf einen traurigen Blick auf das schon verlöschende Feuer und schlenderte zu der kleinen Scheune.

Auch der einzige Tisch in dem Häuschen konnte es nicht vermeiden, an einen Flügel zu erinnern, denn er war aus dem Deckel dieses Instruments gemacht. Miron stellte einen schwarz verbrannten Aluminium-Teekessel auf die Feuerstelle und setzte sich ans Fenster.

Besonders im Herbst, wenn sich einem die Farben des Sommers mit jedem Tag mehr vor den Augen davonschlichen, wenn sie vom Himmel wie von der Erde langsam verschwanden, dann hatte das Sitzen am Fenster etwas Nostalgisches, etwas Süßlich-Trauriges, das im Innern Mirons ein besonderes Gefühl auslöste.

Es klopfte an der Tür.

Miron erhob sich träge. Er mochte es nicht, wenn man ihn von besonderen Gefühlen ablenkte. Max hätte er jetzt schon nicht mehr die Tür geöffnet, aber das mußte ein Russe sein. Deutsche klopften nicht so.

Die Tür quietschte beim Öffnen.

In der Tür stand der Kulturminister. Miron kannte ihn gut – er war schließlich sein direkter Vorgesetzter.

Der Minister sah ramponiert aus. Zerrissene

Jeans und ein sackartiger Pullover mit Loch am Ellbogen und einem Olympiabären auf der Brust. Seine Augen waren traurig und – so schien es – verweint.

Miron trat einen Schritt zurück und bat den Gast herein.

»Trinkst du einen Tee?« fragte er im Gehen den Minister.

Der Minister nickte.

Schweigend setzten sie sich an den Tisch.

Der Minister zog aus der Jeanstasche ein mehrmals zusammengelegtes Stück Papier. Er faltete es auf und hielt es Miron mit zitternder Hand hin.

›Anordnung über die Zusammenlegung des Kulturministeriums mit dem Ministerium für Konsumentenschutz und über die Liquidierung aller dem Kulturministerium unterstellten Einrichtungen.‹

Weiter las Miron nicht. Er brühte Tee auf, schenkte ihn in große rote Suppentassen mit weißen Punkten und stellte eine Blechdose mit Zucker auf den Tisch.

»Bis hierher kommen sie nicht«, sagte der Minister, während er seinen Tee schlürfte. »Ich habe alle Dokumente des Friedhofs verbrannt, jetzt gibt es ihn praktisch nicht mehr. Du jagst mich doch nicht fort?«

Miron schüttelte verneinend den Kopf.

An der Tür klopfte jemand auf deutsche Art.

Der Minister sprang auf, sah sich schon nach einem stillen Plätzchen um, wo man sich, falls Gefahr im Verzug war, verstecken könnte.

»Keine Angst, das ist einer von uns«, beruhigte ihn Miron.

Der Minister setzte sich wieder an den Tisch und nahm einen Schluck Tee.

»Am wenigsten mag ich die Japaner«, sagte er. »Die haben mit ihrer Elektrizität die Kunst umgebracht.«

Miron nickte. Auch er mochte die Elektrizität nicht.

Es klopfte nochmals auf deutsch. Der Hausherr ließ Max ein.

Max entschuldigte sich des langen und breiten, im hölzernen Eingangsbereich stehend. Er erklärte, daß er vergessen hatte, seine Sanduhr rechtzeitig umzudrehen, und so ging sie fast eine Stunde nach.

Dann tranken sie zu dritt Tee. Max deklamierte Goethe. Der Minister versuchte Puschkin vorzulesen, hörte aber rechtzeitig damit auf, als er den strengen Blick des Deutschen auf sich fühlte.

Miron ging hinaus, um nochmals Wasser vom See zu holen, und setzte abermals den Kessel auf die Gasflamme.

»Meine Freunde«, sagte der Minister plötzlich

mit flehender Stimme, dann schluckte er, und nachdem er eine Minute geschwiegen hatte, zog er von irgendwoher unter seiner Kleidung einen Flachmann mit Kognak hervor. »Vier Sterne ... Wißt ihr noch, was das bedeutet?!«

Max und Miron schwiegen.

»Heutzutage ist das die beste Medizin, die die Menschheit je erfunden hat«, setzte der wieder kühner werdende Minister zum Sprechen an. »Wir alle, und auch Sie, Genosse Deutscher, sind sterbende Überreste der auf immer verschwindenden großen russischen Kultur, die der Welt solche Genies geschenkt hat wie Dostojewskij, Gogol und Puschkin ...«

Max runzelte die Stirn.

»Entschuldigt«, sagte darauf der Minister. »Aber wir dürfen nicht einfach so verschwinden, spurlos und schmerzlos für unsere Erde ...«

Der Minister sprach durchdringend und mit Verve. Früher einmal war er ein berühmter Schauspieler des tragischen Faches gewesen.

»Das Teewasser kocht wieder!« sagte Miron und sah auf den zur Decke strebenden Dampf.

»Wir dürfen nicht verschwinden, denn nach unseren Barbaren könnten andere Generationen kommen, deren Blick auf die Kultur ein ganz anderer sein könnte ...«

»Wie viele rubinrote Sterne sind auf den Kremltürmen?« fragte Max unvermittelt.

Sowohl Miron als auch der Minister zuckten verlegen die Achseln. Dem Minister wurde sogar unbehaglich zumute. ›Tatsächlich‹, dachte er, ›wieso habe ich die auch selbst nie gezählt?‹

Es entstand ein beschämtes Schweigen, das Miron nutzte, um einen starken Tee aufzubrühen und ihn in die großen roten Suppentassen mit den weißen Punkten zu gießen.

»Hast du keine Gläschen?« fragte der Minister den Hausherrn.

»Gläschen?!« wiederholte Miron philosophisch.

»Das ist doch keine Medizin«, sagte Max bestimmt. »Man darf es nicht inwendig anwenden … Daran sind viele nördliche Völker zugrunde gegangen …«

»Wie soll man es denn sonst anwenden?« fragte der auf russische Art erstarrte Minister und sah den Deutschen an.

»Ich mag Vollbäder«, sagte Miron träumerisch.

»In unserer russischen Kultur gibt es keinerlei Saufkultur«, sagte Max, beugte sich zur Flasche und sah ihr direkt aufs Etikett.

Der Minister war leicht verstört. Mit dem Blick suchte er Mirons Verständnis, dann das des Deutschen, aber vergebens.

»Was sollen wir denn damit machen?« fragte er leise.

Max und Miron tauschten Blicke.

»Es ist besser, den Alkohol äußerlich anzuwenden«, sagte Miron und begleitete seine Worte mit einem Blick, der keine Widerrede duldete.

Der Minister wiegte kaum merklich den Kopf, als ob er sich an etwas erinnere, das sich nie wiederholen würde.

Der Hausherr der kleinen Scheune erhob sich vom Tisch, ging zur Tür und sah sich um.

Max sprang ebenfalls auf, und dann kam auch der Minister langsam auf die Beine.

Miron tat einen Schritt auf den Stapel mit den Flügelbeinen zu. Die Beine waren so hingelegt, daß alle mit den Rollen nach einer Seite zeigten. Er strich mit der Hand über die Rollen, sie drehten sich quietschend.

»Für so einen Fall«, setzte Miron an, wobei er die Beine betrachtete.

»Nein!« unterbrach ihn erschüttert Max. »Das darf man nicht! Wie willst du die russische Kultur bewahren, wenn du so etwas tust!«

Miron nahm die Hand gehorsam von den Klavierbeinen und ging hinaus.

»Geh zur Badewanne, und wir sammeln jetzt selbst das Brennholz«, sagte Max.

Miron ging langsam zur Wanne. Im Gehen strich er über die Taschen des Baumwollbademantels, fand eine Schachtel Zündhölzer, und ihm wurde leichter ums Herz.

Aus Tannenzapfen und kleinen Zweigen entstand ein kleines Feuer unter der Wanne. Er betrachtete das Wasser, es war leicht gelblich, aber nicht wirklich schmutzig zu nennen, schließlich hatte er sich ja nicht richtig gewaschen, sondern hatte nur etwa vierzig Minuten darin gelegen ...

Die Sonne schien nun wieder – ein frischer Wind hatte den Himmel von den wenigen Wolken freigefegt.

Max und der Minister schleppten einige Bretter in Richtung Wanne, während sie sich leise über etwas unterhielten.

Hoch am Himmel über Miron sang laut ein Vogel. Miron verrenkte den Hals und sah voller Entzücken zu ihm hoch.

Aber dann überdeckte das Zersplittern der auseinanderbrechenden Bretter den Vogelgesang.

Sie umlegten das kleine Feuer nun mit kräftigeren Holzscheiten.

Die drei Männer saßen in der Hocke und sahen unter die Wanne und warteten darauf, daß durch die gerade aufgelegten Bretter die Flammen hindurchzüngeln würden.

Das Wasser erwärmte sich langsam.

Der Vogel flog davon. Das Feuer knisterte und flackerte.

Miron nahm dem Minister die Kognakflasche aus der Hand, schraubte den Verschluß ab und ließ langsam, Tropfen für Tropfen, ihren Inhalt in das gelbliche Wasser fließen.

Der Minister massierte sich die Stirn – die Last dessen, was in den letzten Tagen vor sich gegangen war, ließ eine Migräne befürchten.

Kurz darauf schlug man ihm vor, sich zu entkleiden – entsprechend den Regeln der russischen Gastfreundschaft durfte er als erster baden.

»Vorsichtig!« sagte Max fürsorglich. »Ein amerikanischer Astronaut soll in der Badewanne ausgerutscht und zu Tode gekommen sein.«

»Ja, darüber hat man bei uns viel geschrieben«, nickte der Minister und ließ sich ins Wasser gleiten.

Das Wasser war noch nicht ausreichend heiß, aber der emaillierte Boden erwärmte sich stufenweise immer mehr.

»Auf diesem weißen Steinway-Flügel hat Prokofjew einmal gespielt!« Miron fing den Blick des Ministers ab und lenkte ihn auf das bewußte Instrument.

»Mein Gott!« rief der Minister, wobei er sich tief ins Wasser tauchen ließ. »Prokofjew selbst!«

Max schob kleine Brettchen ins Feuer.

›Ob man das Wasser wohl bis zum Kochen bringen könnte?‹

»Man kann noch auf ihm spielen«, sagte mit der leisen Stimme eines glücklichen Menschen der Besitzer des Friedhofs. Das d-Moll der unteren Oktaven und das reine hohe F … Soll ich mal?«

Der Minister lag im gelblichen Wasser, und einzig der Kopf sah noch heraus. In der Luft über dem Wasser schwebte ein angenehmer Geruch. ›Das ist der Kognak!‹ erkannte der Minister freudig.

»Ja, spiele bitte!« bat er Miron, ohne sich umzusehen.

Miron ging zum Steinway-Flügel. Er stellte den oberen Deckel auf, dann öffnete er den Deckel der Tastatur, und feierlich die Hände nach den Seiten ausstreckend, berührte er die beiden Prokofiew-Töne, die ihnen vermacht worden waren – und ließ sie erklingen.

Nachweis der Originaltitel

Herbstfeuer
С ТОЧКИ ЗРЕНИЯ ТРАВЫ (S točki zrenija travy)

Ein merkwürdiger Diebstahl
СТРАННАЯ КРАЖА (Strannaja kraža)

Weihnachtsüberraschung
РОЖДЕСТВЕНСКИЙ СЮРПРИЗ
(Roždestvenskij sjurpriz)

Die letzte Landung
ПОСЛЕДНЕЕ ПРИЗЕМЛЕНИЕ
(Poslednee prizemlenie)

Bloß keine Höhenangst
НЕ НАДО БОЯТЬСЯ ВЫСОТЫ
(Ne nado bojat`sja vysoty)

Forelle à la tendresse
ФОРЕЛЬ А ЛЯ НЕЖНОСТЬ (Forel a lja nežnost`)

Eine goldene Schere und drei Handvoll Schnee
ЗОЛОТЫЕ НОЖНИЦЫ И ТРИ ПРИГОРШНИ СНЕГА
(Zolo-tye nožnicy i tri prigoršni snega)

Die Denkmäler der russischen Kultur
ПАМЯТИ РУССКОЙ КУЛЬТУРЫ
(Pamjatniki russ-koj kultury)

Bitte beachten Sie auch die folgenden Seiten

Andrej Kurkow im Diogenes Verlag

Picknick auf dem Eis

Roman. Aus dem Russischen von Christa Vogel

Als Tagträumer hat es Viktor schwer im Kiew der Neureichen und der Mafia: Ohne Geld und ohne Freundin lebt er mit dem Pinguin Mischa und schreibt unvollendete Romane für die Schublade. Doch eines Tages bietet ihm der Chefredakteur einer großen Zeitung eine gutbezahlte Stelle an: Viktor soll Nekrologe über berühmte Leute verfassen, die allerdings noch gar nicht gestorben sind. Wie jeder Autor möchte Viktor seine Texte auch veröffentlicht sehen, doch erweisen sich die VIPs als äußerst zählebig. Bei einem Glas Wodka erzählt er dem Freund seines Chefs davon. Als Viktor ein paar Tage später die Zeitung aufschlägt, sieht er, daß sein Wunsch beängstigend schnell in Erfüllung gegangen ist.

»Kurkow beweist, daß man auch auf russisch wieder frische Geschichten erzählen darf: intelligent, witzig, weder die Realität verkleisternd noch sie ausblendend, nicht angestrengt antirealistisch, aber auch nicht wirklich traditionell.«
Thomas Grob / Neue Zürcher Zeitung

Petrowitsch

Roman. Deutsch von Christa Vogel

Die Suche nach den geheimen Tagebüchern des ukrainischen Vorzeigedichters Taras Schewtschenko führt den jungen Geschichtslehrer Kolja in die kasachische Wüste, wo er in einen Sandsturm gerät. Ein alter Kasache und seine beiden Töchter retten ihm das Leben. Doch das ist erst der Anfang einer langen Reise – und einer zarten Liebesgeschichte.

»Viel russische Seele, viel Melancholie und Traurigkeit. Doch dann und wann blitzt auch ein Augenzwinkern durch, ein Funke Hoffnung – worauf auch immer.«
Jürgen Deppe / Norddeutscher Rundfunk, Hamburg

Ein Freund des Verblichenen

Roman. Deutsch von Christa Vogel

Tolja findet das Leben nicht mehr lebenswert, denn seine Frau betrügt ihn. Er würde sich am liebsten umbringen, aber er schafft es nicht. Da kommt ihm die Begegnung mit dem ehemaligen Klassenkameraden Dima gerade recht. Man trinkt auf die alte Freundschaft, erzählt sich sein Leben, und so ganz nebenbei fragt Tolja, ob Dima nicht Kontakte zu einschlägigen Kreisen habe, die einen ›ganz speziellen Auftrag‹ ausführen könnten. Dima, der glaubt, Tolja wolle den Liebhaber seiner Frau aus dem Weg räumen lassen, verspricht Hilfe. Aber da trifft Tolja Lena und hat plötzlich gar keine Lust mehr zum Sterben. Doch der Profi ist bereits unterwegs …

»Die Idee ist so verrückt, wie sie nur in einem Roman von Andrej Kurkow vorkommen kann, der hintergründige Komik und sarkastischen Witz auf die Spitze zu treiben versteht. Eine fesselnde Geschichte, zugleich traurig und komisch, nicht ohne Tiefgang, aber mit unglaublich leichter Hand präsentiert.«
Eckhard Thiele / Berliner Morgenpost

Pinguine frieren nicht

Roman. Deutsch von Sabine Grebing

Auf der Polarstation in der Antarktis, wohin Viktor vor der Mafia geflüchtet ist, hält er es nicht lange aus. Das Vermächtnis eines ebenfalls ins ewige Eis geflohenen, sterbenden Bankiers und nicht zuletzt der Gedanke an den Pinguin Mischa, dem Viktor noch etwas